COLLECTION
FOLIO BILINGUE

Sigmund Freud

Das Unheimliche
und andere Texte

L'inquiétante étrangeté
et autres textes

*Traduit de l'allemand et annoté
par Fernand Cambon
Traduction révisée
Préface de J.-B. Pontalis*

Gallimard

Ces textes sont extraits de *L'inquiétante étrangeté* et autres
essais (Folio Essais nº 93)

PRÉFACE

Ce que Freud a nommé Wissbegierde *ou* Wiss- *trieb, désir ou pulsion de savoir, s'appelle d'abord curiosité, cette curiosité insatiable qu'on voit chez l'enfant si active qu'elle ne tarde pas à lasser les adultes : « Qu'est-ce que c'est ? À quoi ça sert ? D'où ça vient ? Qu'est-ce qu'il y avait avant ? Pourquoi ? » ; une curiosité qui souvent s'estompe avec l'âge ou même disparaît, faute d'avoir obtenu des réponses qui ne soient pas dilatoires — « Tu comprendras plus tard » — ou mensongères — la cigogne, la petite graine —, mais qui peut aussi se relancer en opérant un déplacement par rapport aux objets qui furent les premiers à être intensément investis.*

Chez Freud, assez intransigeant quant au désir qui anime l'humain pour pouvoir affirmer « que nous ne renonçons à rien, que nous ne faisons que remplacer une chose par une autre », la curiosité s'est portée sur les objets les plus divers, elle n'a jamais cessé, elle l'a toujours entraîné plus avant, plus loin. Elle est celle de l'enquêteur à l'affût de traces, d'indices, de restes ; elle est celle du chercheur qui scrute les faits inaperçus par nos yeux ou que, s'il nous arrive de les percevoir, nous tenons pour insignifiants, pour des détails sans intérêt.

De cette curiosité sans limites les quatre textes ici regroupés témoignent d'une manière particulière. Chacun d'eux part d'une question qui n'est pas sans rappeler celle qu'un cardinal, dit-on, posa à l'Arioste d'Orlando furioso : «Mais où avez-vous trouvé, Messire Ludovico, tante corbellerie[1] ?»

L'esprit curieux s'arrête, s'étonne devant ce qui paraît aller de soi. Pourquoi le petit Goethe prend-il tant de plaisir à jeter pots et assiettes par la fenêtre? Nous dirions : il n'y a pas là de quoi se casser la tête! Quoi de plus amusant pour un gamin, surtout quand les grandes personnes s'amusent, elles aussi, de son exploit? Elles en rient encore des années plus tard. Oui, mais comment se fait-il que le grand Goethe quand il écrit Poésie et Vérité, *après avoir déclaré qu'il ne dispose pas de souvenirs de sa première enfance, rapporte celui-là et celui-là seulement? Alors l'enquête commence.*

Et l'histoire des coffrets du Marchand de Venise? Pas de quoi, là encore, trouver motif d'étonnement. Les deux prétendants qui ont choisi les coffrets d'or et d'argent avaient la tâche facile tandis que faire l'éloge d'un métal sans valeur déprécié par les premiers avait de quoi conquérir la belle Portia, convaincue qu'elle pouvait être alors choisie, aimée pour elle-même. Soit, mais quand même, cette affaire des trois coffrets, elle ne vous rappelle rien? Et les trois filles du roi Lear, et Cordelia aussi silencieuse que la mort, et les trois femmes sou-

1. Cf. *infra* in «Le créateur littéraire et l'activité imaginative», p. 233. C'est moi qui souligne.

mises au jugement de Pâris, et les contes de Perrault et de Grimm, et les trois Parques... Et voilà Freud qui, mettant en relation, tel un détective, des faits apparemment éloignés les uns des autres, va, pas à pas, trouver la solution de l'énigme. Manifestement, il y prend plaisir[1].

*L'énigme (*Rätsel, *un mot qui revient souvent sous sa plume). On notera que c'est lui qui la pose*[2], *la fait surgir là où personne ne se sentait questionné. Qui, avant lui, tenait le lapsus pour autre chose qu'un trébuchement de la parole —«ma langue a fourché»? Qui voyait dans l'oubli d'un nom autre chose qu'un signe discret de la mémoire qui flanche? Et qui, du moins parmi les «scientifiques» de son temps, considérait le rêve comme une production énigmatique et y décelait une écriture hiéroglyphique à décrypter? Allons donc, le rêve n'était qu'un défilé d'images incohérent, témoignant du ralentissement d'une activité mentale en sommeil. Et les hystériques? Des femmes impressionnables, particulièrement douées pour le pithiatisme; les neurologues, les psychiatres n'allaient quand même pas se laisser duper par ces grandes simulatrices ou ces*

1. Le 23 juin 1912, à la veille de partir en vacances, Freud écrit à Ferenczi : « La science est au repos chez moi [...] Dans trois semaines je serai à Karlsbad. La seule idée qui me soit venue en tête et qui vous amusera... » L'idée en question est celle du motif des trois coffrets. Mettre la science au repos, avec ses exigences contraignantes; s'amuser, musarder, se laisser inspirer par Shakespeare, les contes, les tragédies, voilà qui fait aussi avancer la « science » psychanalytique.

2. Une exception toutefois : le sourire de Monna Lisa, qualifié depuis des siècles d'énigmatique et continuant à l'être malgré ce que Marcel Duchamp a pu faire pour le démystifier.

« pauvres petites » (comme les appelait Janet). Admettons. Non, justement, Freud ne l'admet pas. C'est qu'il ne s'arrête pas au symptôme visible, parfois criant et toujours apte à se déplacer d'un lieu du corps à un autre. Le symptôme hystérique, plus généralement tout symptôme névrotique, est un produit. *Et alors la question qui se pose est : comment se fabrique-t-il ? Là encore, une énigme, qui doit trouver sa réponse.*

On pourrait multiplier les exemples montrant comment la méthode d'investigation inventée par Freud (insistons sur le mot méthode*) lui permet d'avancer vers l'inconnu de ce que nous prétendons connaître ou encore de déceler l'étrange dans le familier.*

Décidément das Unheimliche *est son domaine.*

Das Unheimliche *: c'est Marie Bonaparte, pas toujours aussi heureuse dans ses partis pris de traduction, qui a choisi de rendre le mot par «inquiétante étrangeté». Trouvaille qui a connu la fortune que l'on sait. Combien d'auteurs peu au fait des écrits de Freud ou mal à l'aise dans le maniement des concepts psychanalytiques y font référence, à cette inquiétante étrangeté, ne serait-ce que parce qu'elle évoque ce que chacun peut connaître quand les personnes, les lieux, les objets les plus familiers nous deviennent les plus étrangers, s'imprègnent subitement d'étrangeté : une rue de notre quartier, un meuble de notre maison, le visage d'un proche ou le nôtre : « C'est moi, ça ? »*

Peut-être le poète est-il celui qui est le plus violemment saisi, et pas seulement comme nous tous de façon intermittente, par ce sentiment, lui qui par-delà le voile des mots tente de toucher la chose même, de l'approcher au plus près, dans sa fondamentale étrangeté. Pour peu que l'art du Dichter[1] ait le pouvoir d'entraîner le lecteur, celui-ci, à son tour, s'engagera dans la traversée que lui propose le poète (ou le romancier). Tout ce qui lui est le plus familier, à commencer par lui-même, acquiert alors une dimension nouvelle. Il lui semble que, pour la première fois, ses yeux se dessillent, décèlent l'étrange au cœur du « chez soi », s'orientent vers l'inconnu que cache le trop connu. N'est-ce pas aussi ce que suscite la psychanalyse, cette autre traversée des apparences ? Il n'est pas interdit de rêver d'affinités électives entre le Dichter et l'analyste : ne font-ils pas tous deux confiance, plutôt qu'au langage dont il arrive qu'il devienne une prison, à la parole qui invente, qui emporte, jusqu'à faire croire en l'existence d'une vraie vie ?

On peut contester le choix opéré par Marie Bonaparte, objecter que la référence au Heim, autour de quoi gravite toute l'étude de Freud, est absente, ou encore que l'association inquiétant-étrange n'est qu'une redondance. Pourtant ce qui nous inquiète, nous trouble, n'est pas toujours étrange à nos yeux; l'intranquillité, chère à Pessoa, est même — heureusement ! — notre état le plus habituel. À l'inverse, l'étrange peut ne susciter aucune inquiétude anxieuse et ne produire que de l'émerveillement : un paysage insolite, un chant inouï, des poissons ou des oiseaux qu'ignore la palette des peintres, les bonds acrobatiques d'un danseur, que sais-je ?, tout ce qui nous fait dire : « C'est incroyable », oui, tout cela nous ravit.

1. On sait que le champ que recouvre la *Dichtung* est loin d'être réductible au « genre » de la poésie (cf. *infra* la « Notice du traducteur »).

Je crois donc que notre traducteur, Fernand Cambon, a eu raison de maintenir l'appellation d'«inquiétante étrangeté», non seulement parce que l'usage l'a imposée mais parce que cette alliance de mots résonne en nous avec une singulière intensité. Je dirai que ce titre, si familier qu'il nous soit devenu, demeure à jamais non familier, intimement troublant. Bref, il correspond à l'objet même de l'investigation menée par Freud.

Venons-en à ce texte célèbre, peut-être plus célèbre par son titre que par son contenu. Au lecteur pressé il pourra paraître laborieux et sa démarche pesante : était-il vraiment nécessaire de procéder à une recension aussi appliquée des définitions des dictionnaires ? de résumer, et de façon confuse, un récit fantastique d'Hoffmann que chacun a pu lire ? de multiplier les références littéraires (plus d'une vingtaine d'auteurs cités) ? N'eût-il pas mieux valu relater d'emblée des expériences vécues de Unheimlichkeit, *personnelles ou transmises par des patients, pour rendre sensible et, si possible, intelligible cet événement psychique qui s'accompagne d'angoisse ou d'effroi sans pourtant leur être réductible car il entre bien dans* das Unheimliche *quelque chose de spécifique qui n'appartient qu'à lui.*

Qui n'appartient qu'à lui… Peut-être le mot lui-même — de là la difficulté à en trouver des équivalents dans d'autres langues[1] — n'appartient-il qu'à la langue

---

1. La Standard Edition de langue anglaise a choisi *uncanny*, qui tire vers le mystérieux, le surnaturel. L'équipe des traducteurs des *Œuvres complètes* (Presses universitaires de France) a opté pour «l'inquiétant», ce qui, à mes yeux, efface ce qu'indique le couplage des termes opposés «familier-non familier», «chez soi-pas comme chez soi», «intime-étranger».

allemande[1]. *La recension lexicographique minutieuse qui inaugure le texte semble bien l'attester. C'est pourquoi il fallait à Freud commencer par là*[2] : *d'abord se tourner vers les langues étrangères pour pouvoir, dans un second temps, faire ressortir l'étrangeté du mot* unheimlich *et montrer comment son antonyme,* heimlich, *mot lui-même bien familier, tout comme les très nombreux dérivés de* Heim (Heimat, *terre natale;* Heimweh, *mal du pays;* heimlos, *sans domicile, etc.), peut, dans un retournement inattendu, devenir à son tour étranger.*

L'intime étranger : cela pourrait bien être la moins mauvaise définition de l'inconscient, ce qui n'appartient pas à notre maison et pourtant y demeure, tel un intrus permanent dont nous ne savons trop s'il nous dérange par le désordre qu'il crée ou s'il nous anime par sa survenue intempestive.

Un mot encore : bien avant que Freud ne consacre une étude d'ensemble à l'inquiétante étrangeté, le terme de Unheimlich *apparaît sous sa plume. La première occurrence, à ma connaissance, se trouve dans une lettre adressée à Wilhelm Fliess. Ce bref passage mérite d'être cité*[3]. «Unheimlich *quand les mères vacillent,*

1. Le mot *home* si cher aux Anglais et si riche de résonances ne trouve pas son équivalent dans notre mot *maison*. Comment, par exemple, rendre en français ce titre d'un ouvrage de Winnicott, *Home is where we start from*? Il arrive même qu'un mot soit spécifique d'un pays, d'une culture. Je pense à la *saudade* où Pessoa et Tabucchi voient une catégorie de la sensibilité portugaise qui ne correspond pas tout à fait à ce que nous nommons mélancolie ou nostalgie.

2. C'est un motif analogue qui nous a conduits à ouvrir ce recueil qui fait voisiner deux langues par *Das Unheimliche*.

3. Cette lettre date du 3 juillet 1899. Les premières lignes,

elles qui sont seules à se tenir encore entre nous et la dissolution[1] » ? *Ainsi se trouvent associés et comme condensés dans* das Unheimliche *la mère qui, ne tenant plus, de donneuse de vie se mue en annonciatrice et porteuse de mort, la sienne et la nôtre.*

Comment ne pas penser ici à l'apostrophe du Faust *de Goethe :* « *Les Mères, les Mères, les Mères! Cela résonne si* étrangement. »

Je faisais allusion tout à l'heure aux actes manqués, au rêve, au symptôme : ce sont là autant de productions *qui autorisent Freud à émettre son hypothèse de l'existence du* producteur, *l'inconscient, seule à même de rendre compte de tels phénomènes. Mais analyser ces productions ou* « rejetons » *du refoulé n'est pas faire l'expérience de…, ce qui est une tout autre affaire. Éprouver, alors que rien ne vous y prépare, le sentiment (le mot est faible, il s'agit plutôt d'un saisissement) d'inquiétante étrangeté constitue un des modes d'accès à une telle expérience. L'inconscient cesse alors d'être un* objet *d'analyse, donc maintenu à distance, il s'exprime en* acte, *nous lui sommes pour ainsi dire livrés.*

Que Freud l'ait connue, cette épreuve, notre texte en

---

celles qui nous intéressent ici, ne figurent pas dans l'édition française (*La naissance de la psychanalyse*, P.U.F.) sans qu'il soit même signalé qu'elles ont été caviardées. On les trouvera dans l'édition intégrale des lettres à Fliess établie par Jeffrey M. Masson en 1985 dont on attend toujours, quinze ans plus tard, la traduction française.

Rappelons que *unheimlich* est associé au tabou (cf. *Totem et tabou* [1913], trad. fr. Gallimard).

1. Le mot que nous traduisons ici par dissolution est *Ablösung*. On notera que Freud ne prononce pas (évite ?) le mot « mort ».

témoigne. Il y évoque, lui qui répugnait tant aux confidences personnelles, un épisode qui ne manque pas — pour nous ! — de saveur. Alors qu'il flânait, nous dit-il, dans des rues inconnues d'une petite ville italienne, il tombe par hasard *(je souligne) sur une ruelle où il ne voit à leurs fenêtres que des « femmes fardées »... Il s'empresse de prendre la fuite*[1]*. Et voici qu'après avoir erré quelque temps il se retrouve une fois, deux fois dans la même rue des femmes fardées, ce qui ne manque pas de susciter leur « curiosité » (ne s'agirait-il pas plutôt d'avances ou de quolibets ?), avant de rejoindre enfin la* piazza *qui le rassure. (Qui l'attendait là ? sa femme ? Peu probable. Sa fille Anna-Antigone qui veille sur lui ? l'ami Ferenczi ? ou quelque lieu maternel ?)*

Le lecteur constatera avec amusement que, lorsque Freud commente l'épisode, il le compare avec le sentiment de détresse que nous pouvons connaître quand, surpris par le brouillard, nous nous égarons dans une forêt. Pas un mot sur la connotation sexuelle. Ses hystériques viennoises lui avaient bien fait part de leurs fantasmes de prostitution. Oui, mais c'était des fantasmes et Freud pouvait ne pas se sentir concerné[2]*...*

---

1. Irrévérencieusement, je ne puis m'empêcher alors de voir dans *Herr Professor Freud* les traits du professeur Unrath de *L'ange bleu.*

2. Dans un autre passage du texte, Freud fait allusion au cas d'un homme qui voit dans le nombre 62 qu'il rencontre à plusieurs reprises dans des circonstances différentes « l'indication du temps de vie qui lui est imparti ». On sait qu'il s'agit en fait de Freud lui-même.

Effroi devant la sexualité exhibée de la ruelle, tentative de conjuration de la mort par l'obsession des chiffres...

Si Das Unheimliche *me retient, si je ne me lasse
pas de le lire et le relire, c'est, bien sûr, pour les innom-
brables ramifications littéraires susceptibles de s'y ratta-
cher : le motif du double, largement exploré par Otto
Rank, celui du secret, des revenants, des maisons que
hante toute cette ombre qui nous entoure — et je pense,
entre autres, à Henry James. M'intéresse plus encore ce
sur quoi Freud reviendra avec insistance dans* Au-delà
du principe de plaisir *: la force d'attraction du retour
du même, l'emprise de la compulsion de répétition
qui nous fait préférer l'agir (l'Agieren) au travail de
mémoire. Mais la portée du texte va plus loin.*

*Je différenciais il y a un instant les formations de
l'inconscient dont le prototype est le rêve de l'épreuve
de l'inconscient. Cette* épreuve, *avec ce que le mot
implique de douloureux[1], c'est l'analyse elle-même. Le
rêve, assurément, nous fait entrer en contact avec notre
inconscient. Mais, ne serait-ce que parce que nous
pouvons en faire le récit, nous savons l'apprivoiser,
pour ainsi dire le civiliser. Quelles que puissent être
la violence, la sauvagerie de ses images, de son scé-
nario — meurtre, inceste, castration, corps broyé —, il
demeure dans le champ des «représentations». Il n'est
pas l'inconscient en présence, actualisé, celui auquel le
transfert nous confronte en donnant vie à nos revenants, à nos fantômes.*

*L'expérience vécue de l'altérité, de l'autre, des autres
en nous, c'est sur le divan que nous la faisons. C'est là*

---

1. «Il traverse une dure épreuve», dit-on de celui qui vient
de subir une perte ; mais qui peut l'assurer que cette épreuve
aura une fin et qu'il arrivera à bon port ?

*que, jour après jour, perdant nos repères habituels,
comme dans une forêt embrumée, comme dans quelque
maison hantée ou... dans quelque ruelle inquiétante,
nous nous égarons jusqu'à ne plus savoir où nous
sommes, qui nous sommes.*

*Si l'on aborde maintenant le texte qui clôt notre
recueil et traite de la création littéraire, on ne manque
pas d'être déconcerté et pas toujours dans le meilleur
sens de ce mot.*

Que Freud rapproche la création du Dichter *des jeux
auxquels s'adonnent les enfants et souligne le fait que
ces jeux sont pris très au sérieux, soit. Qu'il souligne
ensuite comment les rêveries, les rêves diurnes que nous
imaginons et qui nous accompagnent la vie durant, tout
en les gardant pour nous comme quelque chose de secret
ou de honteux, nous servent à exprimer nos désirs insatisfaits, qu'ils soient ambitieux ou érotiques, soit encore.
Il est bon de nous rappeler qu'il n'est pas besoin d'être
romancier pour imaginer des romans et y croire — pour
preuve le «roman familial» que se construisent les
enfants[1] —, pas besoin d'être dramaturge pour connaître
des tragédies — s'il est vrai que nous sommes tous des
petits Œdipe —, pas besoin d'être poète pour s'inventer
un monde. Mais ce que Freud nous propose pour rendre
compte de la création littéraire risque de nous paraître
non pas inexact mais un peu court. Il est vraisemblable
que face aux créateurs — nombre de ses déclarations en*

---

1. Cf. «Le roman familial des névrosés» (1909) in S. Freud,
Névrose, psychose et perversion, P.U.F., 1973. Marthe Robert a été
jusqu'à voir dans ce roman familial l'origine du roman. Cf.
Roman des origines, origines du roman, Grasset, 1972.

témoignent — Freud éprouve une sorte d'humilité. S'il a pu mettre au jour la technique du Witz, *percé les secrets de fabrication du rêve et du symptôme, devant l'œuvre d'art il reconnaît les limites de l'analyse.*

Certes, dans Der Dichter und das Phantasieren, *il nous fournit quelques éléments d'explication, mais qui ne nous satisfont pas, et lui non plus sans doute, complètement. Nous avons du mal à consentir à ce que notre plaisir à lire des romans, par exemple, vienne de notre identification à quelque héros qui surmonterait toutes les épreuves et en qui se réincarnerait « Sa Majesté le Moi » ; du mal à admettre aussi que nous trouverions dans notre lecture un moyen de «jouir de nos propres fantasmes sans reproche et sans honte» et que l'*ars poetica *tient tout entier dans sa capacité de relâcher nos tensions internes.*

Comment Freud, l'ami d'excellents écrivains de son temps, ce grand lecteur, cet admirateur de Dante, de Shakespeare, de Goethe, de tant d'autres, et qui lui-même n'était pas dépourvu de dons littéraires, peut-il bien se référer principalement à des romans-feuilletons, comme si c'était là, dans des œuvres qu'il jugeait médiocres, qu'il fallait chercher l'origine lointaine des œuvres les plus accomplies ?

On peut voir là un parti pris délibérément réducteur, une manière quasi provocatrice de signifier aux grands romanciers : «Vous croyez avec les histoires que vous nous racontez vous être définitivement dégagés de vos rêveries adolescentes, de vos fantasmes et de votre sexualité infantiles que vous seriez parvenus à "sublimer". Admettons, mais, sans pour autant dénier vos capacités de sublimation, allons chercher en amont ce qu'il vous fallait à ce point sublimer.» Déjà, avec son essai sur Léonard de Vinci, ce «génie universel», Freud avait pris le risque de s'engager sur cette voie tout en s'entourant de précautions[1].

Une telle démarche, pour peu qu'elle consente à s'imposer des limites et ne prétende pas expliquer l'œuvre par l'enfance de l'auteur, me paraît légitime. Pourtant, même poursuivie avec prudence, elle passe à côté de l'essentiel : le travail de l'œuvre.

C'est à dessein que je parle ici du travail de l'œuvre afin de suggérer une analogie avec ce que Freud lui-même a nommé travail du rêve, travail qui constituait à ses yeux précisément l'«essentiel» du rêve et lui importait sans doute plus que le contenu, manifeste ou latent, de celui-ci[2]. *Pourquoi ? parce que le rêve est un grand* transformateur. *Les procédés qui sont les siens — condensation, déplacement, dramatisation, surdétermination, formation de figures composites, etc. — entrent également en jeu dans la construction de l'œuvre littéraire.*

Or on remarquera que, dans «Le créateur littéraire et l'activité imaginative», Freud se réfère à nos rêveries qui expriment sans grands détours nos désirs inavoués (un peu comme, selon lui, les rêves d'enfants), non à nos rêves de la nuit qui, eux, empruntent mille chemins de traverse pour à la fois révéler et dissimuler ces désirs et surtout faire apparaître leur extrême complexité, tant

1. *Un souvenir d'enfance de Léonard de Vinci*, in «Traductions nouvelles de Sigmund Freud» repris en Folio bilingue, n° 16.
2. Imaginons *Madame Bovary*, par exemple, réduit à son histoire. Nous n'aurions plus affaire qu'à un roman de gare. Un grand roman ne se laisse pas «résumer» : c'est sans doute même le critère qui en fait un grand roman. En ce qui concerne la poésie, c'est encore plus évident.

*ils s'opposent, entrent en conflit les uns avec les autres,
tant ils sont enchevêtrés. En nous, c'est la guerre. Un
rêve n'est jamais simple. Une œuvre littéraire non plus.
Et nous ne sommes pas prêts de percer le secret de leur*
fabrication. *Le secret du rêve, le secret du* Witz, Freud
*a la certitude légitime de les avoir dévoilés. Devant celui
de l'œuvre du* Dichter, *il a reconnu devoir s'incliner.*

*Quand il évoque l'inquiétante étrangeté de la fiction,
Freud écrit qu'«elle mérite d'être considérée à part»,
ajoutant que «dans la création littéraire, [...] il y a
beaucoup de possibilités de produire des effets d'inquiétante étrangeté, qui ne se produisent pas dans la vie*[1]*».
Si ces possibilités existent, n'est-ce pas parce que les
romans, les poèmes, les drames et tragédies font fran-
chir, aussi bien pour leurs lecteurs que pour leurs
auteurs, les étroites frontières de leur «moi»? Quand
l'imagination,* die Phantasie, *se donne libre cours,
non pour fuir la réalité mais pour accéder à une autre
réalité, alors chacun consent à se perdre, à être entraîné
«hors de soi».*

*Puisse la psychanalyse dont on nous ressasse qu'elle
est désormais intégrée à notre «culture» au point d'avoir
perdu tout pouvoir de subversion, toute capacité de nous
surprendre, puisse la littérature dont on se plaît à
nous annoncer la mort prochaine, garder longtemps,
l'une et l'autre, leur inquiétante étrangeté!*

J.-B. Pontalis

1. *Das Unheimliche,* ici p. 127, article écrit quelques années
après «Le créateur littéraire...».

NOTICE DU TRADUCTEUR

Entre les traductions qui sont présentées ici et celles qui figuraient, sous le même titre générique, dans l'édition Folio unilingue, le lecteur pourra constater un certain nombre d'écarts notables. Ces modifications ont été introduites, entre autres, pour deux raisons. Pour satisfaire aux exigences naturelles d'un texte bilingue, on s'est donné pour objectif une plus grande littéralité. Par ailleurs, on a révisé certaines options terminologiques afin de les rendre conformes à celles qui sont les plus courantes dans la collection «Sigmund Freud : traductions nouvelles», et en particulier aux plus récentes, qui ont été mises en œuvre dans les *Conférences d'introduction à la psychanalyse*.

Ajoutons quelques précisions concernant des problèmes spécifiques soulevés par les textes donnés ci-après :

1) On a beaucoup glosé sur le terme allemand de *unheimlich* et son intraductibilité en français. J.-B. Pontalis a vigoureusement plaidé en faveur du maintien de sa traduction «traditionnelle». Qu'il me soit permis d'y ajouter l'argument suivant. Si l'on peut regretter le caractère périphrastique de la solution retenue, on peut tout de même aussi attirer l'attention sur ceci : «étrange(té)» donne bien le *sens* le plus immédiat

du mot dans une version qu'on pourrait qualifier d'«antonymie positive», d'autre part, on retrouve le « *in-* » privatif manquant au début du premier élément « *in*quiétant(e) ». Je précise que, là où Freud se préoccupe du mot allemand en lui-même, dans ses divers contextes et acceptions, en particulier dans la première section de l'article, je me suis contenté de le citer en italiques, de même pour son antonyme *heimlich.*

2) Pour *phantasieren* et *Phantasie*, je m'en suis tenu à la «solution» généralement adoptée dans les traductions Gallimard : à savoir «imagination» et les mots de même racine quand il s'agit de la «faculté» ou de l'«activité» générique, «fantasme» quand il s'agit d'*un* fantasme particulier.

3) Les mots *Dichter* et *Dichtung* signifient bien «poète» ct «poésie». Mais ils sont susceptibles en allemand d'une extension beaucoup plus large que leurs équivalents français et peuvent connoter aussi bien toute création littéraire en général. Par ailleurs, le texte de Freud présenté ici sous le titre «Le créateur littéraire et l'activité imaginative» accentue dans les faits le caractère *fictif* de la création littéraire, ce qui s'accorde du reste au deuxième élément du titre. Cela est attesté dans l'usage linguistique. On dira par exemple : *Das ist alles erdichtet!*, pour signifier : «Tout cela est pure invention ! », même donc en un sens nettement péjoratif. En ce qui concerne l'ouvrage autobiographique de Goethe auquel fait référence un des textes du présent livre, l'usage s'est instauré d'en traduire le titre par *Poésie et vérité.* En réalité, il serait plus juste d'entendre ici dans le premier élément l'antonyme du second et donc de le traduire plutôt par «fiction», choses inventées.

Au vu de toutes ces considérations, le plus pertinent eût sans doute été de traduire le mot *Dichter* dans le

titre de l'essai de Freud par «auteur de fictions». Le
problème est qu'en diverses occurrences, Freud joue
de fait sur *tous les sens possibles du mot*. Le plus raisonnable était donc de choisir en français l'acception la
plus générale, la plus englobante du terme.

Un aveu pour terminer. L'éthique psychanalytique
nous enjoint entre autres de ne pas reculer devant la
désillusion quand elle est le prix à payer pour l'accès à
la vérité! Ainsi j'ai longtemps cru qu'il n'y avait pas de
mot plus authentiquement allemand que *dichten*. Or
les hasards d'une lecture récente m'ont fait découvrir
qu'il était en fait dérivé du latin *dictare*. Horreur qui
m'a fait froid dans le dos! La présence du *ch* atteste
toutefois qu'il s'agit là d'un emprunt très ancien : le
mot a donc eu le temps de s'acclimater dans la langue
et la pierre dans le jardin de se couvrir de pas mal de
mousse... Voilà en tout cas une vérité sur la *Dichtung*!

Fernand Cambon

Les notes appelées par des chiffres sont de Freud;
celles appelées par des lettres sont du traducteur.

Das Unheimliche[a]
L'inquiétante étrangeté

a. Première édition :
   Imago, tome 5 (5-6) (1919)
   Éditions courantes :
   Gesammelte Werke, tome 12 (1947), Fischer Verlag.
   Werke im Taschenbuch, Fischer Verlag, n° 10456, Der
   Moses des Michelangelo.

I

Der Psychoanalytiker verspürt nur selten den Antrieb zu ästhetischen Untersuchungen, auch dann nicht, wenn man die Ästhetik nicht auf die Lehre vom Schönen einengt, sondern sie als Lehre von den Qualitäten unseres Fühlens beschreibt. Er arbeitet in anderen Schichten des Seelenlebens und hat mit den zielgehemmten, gedämpften, von so vielen begleitenden Konstellationen abhängigen Gefühlsregungen, die zumeist der Stoff der Ästhetik sind, wenig zu tun. Hie und da trifft es sich doch, daß er sich für ein bestimmtes Gebiet der Ästhetik interessieren muß, und dann ist dies gewöhnlich ein abseits liegendes, von der ästhetischen Fachliteratur vernachlässigtes.

Ein solches ist das «Unheimliche».

I

Le psychanalyste n'éprouve que rarement l'impulsion de se livrer à des investigations esthétiques, et ce même lorsqu'on ne limite pas l'esthétique à la doctrine du beau, mais qu'on la décrit comme la doctrine des qualités de notre sensibilité. Il travaille sur d'autres couches de la vie psychique et a peu affaire aux émotions inhibées quant au but, assourdies, dépendantes d'un si grand nombre de constellations concomitantes, qui font pour l'essentiel la matière de l'esthétique. Il peut cependant se faire ici et là qu'il ait à s'intéresser à un domaine déterminé de l'esthétique et, dans ce cas, il s'agit habituellement d'un domaine situé à l'écart et négligé par la littérature esthétique spécialisée.

Tel est le domaine de l'«inquiétante étrangeté».

Kein Zweifel, daß es zum Schreckhaften, Angst-
und Grauenerregenden gehört, und ebenso sicher
ist es, daß dies Wort nicht immer in einem scharf
zu bestimmenden Sinne gebraucht wird, so daß
es eben meist mit dem Angsterregenden überhaupt zusammenfällt. Aber man darf doch erwarten, daß ein besonderer Kern vorhanden ist,
der die Verwendung eines besonderen Begriffs-
wortes rechtfertigt. Man möchte wissen, was dieser gemeinsame Kern ist, der etwa gestattet,
innerhalb des Ängstlichen ein «Unheimliches» zu
unterscheiden.

Darüber findet man nun so viel wie nichts in
den ausführlichen Darstellungen der Ästhetik,
die sich überhaupt lieber mit den schönen,
großartigen, anziehenden, also mit den positi-
ven Gefühlsarten, ihren Bedingungen und den
Gegenständen, die sie hervorrufen, als mit den
gegensätzlichen, abstoßenden, peinlichen be-
schäftigen. Von seiten der ärztlich-psychologi-
schen Literatur kenne ich nur die eine,
inhaltsreiche, aber nicht erschöpfende Abhand-
lung von E. Jentsch. Allerdings muß ich ge-
stehen, daß aus leicht zu erratenden, in der Zeit
liegenden Gründen die Literatur zu diesem kleinen Beitrag, insbesondere die fremdsprachige,
nicht gründlich herausgesucht wurde, weshalb er
denn auch ohne jeden Anspruch auf Priorität vor
den Leser tritt.

Il ne fait pas de doute qu'il ressortit à l'effrayant, à ce qui suscite l'angoisse et l'épouvante, et il n'est pas moins certain que ce mot n'est pas toujours employé dans un sens qu'on puisse déterminer avec précision, de sorte que, la plupart du temps, il coïncide tout bonnement avec ce qui suscite l'angoisse en général. Mais on est quand même en droit d'attendre qu'il recèle un noyau spécifique qui justifie l'usage d'un terme conceptuel spécifique. On aimerait savoir quel est ce noyau commun susceptible d'autoriser, au sein de l'angoissant, la distinction d'un « étrangement inquiétant ».

Or, sur ce sujet, on ne trouve pour ainsi dire rien dans les exposés détaillés de l'esthétique, qui préfèrent en général s'occuper des types de sentiments beaux, grandioses, attirants, c'est-à-dire positifs, ainsi que de leurs conditions [d'émergence] et des objets qui les provoquent, plutôt que de ceux, antagonistes, qui sont repoussants, pénibles. Du côté des écrits traitant de psychologie médicale, je ne connais qu'une étude : celle, substantielle, mais non exhaustive, de E. Jentsch[1]*. Cependant je dois avouer que, pour des raisons faciles à deviner, et liées à l'époque présente[a], la bibliographie concernant la présente petite contribution, en particulier celle de langue étrangère, n'a pu être méthodiquement explorée, ce pourquoi, aussi bien, elle se présente au lecteur sans aucunement prétendre à la priorité.

* Les notes sont regroupées à la fin de chaque texte.

Als Schwierigkeit beim Studium des Unheimlichen betont Jentsch mit vollem Recht, daß die Empfindlichkeit für diese Gefühlsqualität bei verschiedenen Menschen so sehr verschieden angetroffen wird. Ja, der Autor dieser neuen Unternehmung muß sich einer besonderen Stumpfheit in dieser Sache anklagen, wo große Feinfühligkeit eher am Platze wäre. Er hat schon lange nichts erlebt oder kennen gelernt, was ihm den Eindruck des Unheimlichen gemacht hätte, muß sich erst in das Gefühl hineinversetzen, die Möglichkeit desselben in sich wachrufen. Indes sind Schwierigkeiten dieser Art auch auf vielen anderen Gebieten der Ästhetik mächtig; man braucht darum die Erwartung nicht aufzugeben, daß sich die Fälle werden herausheben lassen, in denen der fragliche Charakter von den meisten widerspruchslos anerkannt wird.

Man kann nun zwei Wege einschlagen : nachsuchen, welche Bedeutung die Sprachentwicklung in dem Worte «unheimlich» niedergelegt hat, oder zusammentragen, was an Personen und Dingen, Sinneseindrücken, Erlebnissen und Situationen das Gefühl des Unheimlichen in uns wachruft, und den verhüllten Charakter des Unheimlichen aus einem allen Fällen Gemeinsamen erschließen. Ich will gleich verraten, daß beide Wege zum nämlichen Ergebnis führen, das Unheimliche sei jene Art des Schreckhaften, welche auf das Altbekannte, Längstvertraute zurückgeht.

Jentsch souligne à juste titre, comme faisant difficulté dans l'étude de l'étrangement inquiétant, le fait que la réceptivité à cette qualité de sentiment se rencontre à des degrés très différents chez des personnes différentes. Voire, l'auteur de cette nouvelle tentative doit confesser une apathie particulière en la matière, alors que serait plutôt de mise une sensibilité aiguë. Il y a longtemps qu'il n'a rien vécu ni rencontré qui eût suscité en lui une impression d'inquiétante étrangeté ; il faut qu'il se mette préalablement en condition, qu'il éveille en lui la possibilité [de l'émergence] de ce sentiment. Cela dit, des difficultés de ce genre pèsent aussi sur bien d'autres domaines de l'esthétique ; ce n'est pas une raison pour abandonner l'espoir que pourront se dégager les cas dans lesquels le caractère en question sera reconnu sans contredit par la plupart des gens.

On peut maintenant s'engager dans deux voies : rechercher quelle signification l'évolution de la langue a déposée dans le mot *unheimlich*, ou bien compiler tout ce qui, dans les personnes et les choses, dans les impressions sensorielles, les expériences vécues et les situations, éveille en nous le sentiment de l'inquiétante étrangeté, et inférer le caractère voilé de celui-ci à partir d'un élément commun à tous les cas. Je tiens à révéler tout de suite que les deux voies conduisent au même résultat, à savoir que l'inquiétante étrangeté est cette variété particulière de l'effrayant qui remonte au depuis longtemps connu, depuis longtemps familier.

Wie das möglich ist, unter welchen Bedingungen
das Vertraute unheimlich, schreckhaft werden
kann, das wird aus dem Weiteren ersichtlich werden. Ich bemerke noch, daß diese Untersuchung
in Wirklichkeit den Weg über eine Sammlung
von Einzelfällen genommen und erst später die
Bestätigung durch die Aussage des Sprachge-
brauches gefunden hat. In dieser Darstellung
werde ich aber den umgekehrten Weg gehen.

Das deutsche Wort «unheimlich» ist offenbar
der Gegensatz zu heimlich, heimisch, vertraut
und der Schluß liegt nahe, es sei etwas eben
darum schreckhaft, weil es *nicht* bekannt und vertraut ist. Natürlich ist aber nicht alles schreckhaft, was neu und nicht vertraut ist; die
Beziehung is *nicht* umkehrbar. Man kann nur
sagen, was neuartig ist, wird leicht schreckhaft
und unheimlich; einiges Neuartige ist schreckhaft, durchaus nicht alles. Zum Neuen und
Nichtvertrauten muß erst etwas hinzukommen,
was es zum Unheimlichen macht.

Jentsch ist im ganzen bei dieser Beziehung des
Unheimlichen zum Neuartigen, Nichtvertrauten, stehen geblieben. Er findet die wesentliche
Bedingung für das Zustandekommen des unheimlichen Gefühls in der intellektuellen Unsicherheit. Das Unheimliche wäre eigentlich immer
etwas, worin man sich sozusagen nicht auskennt.

Comment cela est possible, à quelles conditions le familier peut devenir étrangement inquiétant, effrayant, c'est ce qui ressortira de la suite. Je remarque en outre qu'en réalité, cette investigation a suivi la voie d'une collecte de cas particuliers et n'a été confirmée qu'ensuite par ce qu'énonce l'usage linguistique. Mais dans le présent exposé, je parcourrai le chemin inverse.

Le mot allemand *unheimlich* est manifestement l'antonyme de *heimlich*, *heimisch* (du pays), *vertraut* (familier), et l'on est tenté d'en conclure qu'une chose est effrayante justement pour la raison qu'elle *n'*est *pas* connue ni familière. Mais il est évident que n'est pas effrayant tout ce qui est nouveau et non familier ; la relation *n'*est *pas* réversible. On peut seulement dire que ce qui a un caractère de nouveauté peut facilement devenir effrayant et étrangement inquiétant ; parmi les choses revêtant un caractère de nouveauté, quelques-unes sont effrayantes, mais certainement pas toutes. Au nouveau, au non-familier doit d'abord s'ajouter quelque chose, pour qu'il devienne étrangement inquiétant.

Dans l'ensemble, Jentsch s'en est tenu à cette relation de l'étrangement inquiétant au nouveau, au non-familier. Il trouve la condition essentielle de l'émergence d'un sentiment d'inquiétante étrangeté dans l'incertitude intellectuelle. À proprement parler, l'étrangement inquiétant serait toujours quelque chose dans quoi, pour ainsi dire, on se trouve tout désorienté.

Je besser ein Mensch in der Umwelt orientiert ist,
desto weniger leicht wird er von den Dingen oder
Vorfällen in ihr den Eindruck der Unheimlichkeit
empfangen.

Wir haben es leicht zu urteilen, daß diese
Kennzeichnung nicht erschöpfend ist, und versuchen darum, über die Gleichung unheimlich =
nicht vertraut hinauszugehen. Wir wenden uns
zunächst an andere Sprachen. Aber die Wör-
terbücher, in denen wir nachschlagen, sagen uns
nichts Neues, vielleicht nur darum nicht, weil wir
selbst Fremdsprachige sind. Ja, wir gewinnen den
Eindruck, daß vielen Sprachen ein Wort für diese
besondere Nuance des Schreckhaften abgeht.

> *Lateinisch* (nach K. E. Georges, *Kl. Deutschlatein.
> Wörterbuch* 1898) : ein unheimlicher Ort — *locus
> suspectus*; in unheimlicher Nachtzeit — *intempesta
> nocte.*
>
> *Griechisch* (Wörterbücher von Rost und von
> Schenkl) : ξένος — also fremd, fremdartig.
>
> *Englisch* (aus den Wörterbüchern von Lucas,
> Bellow, Flügel, Muret-Sanders) : *uncomfortable,
> uneasy, gloomy, dismal, uncanny, ghastly,* von einem
> Hause : *haunted,* von einem Menschen : *a repulsive
> fellow.*
>
> *Französisch* (Sachs-Villatte) : *inquiétant, sinistre,
> lugubre, mal à son aise.*
>
> *Spanisch* (Tollhausen 1889) : *sospechoso, de mal
> agüero, lúgubre, siniestro.*

Mieux un homme se repère dans son environnement, moins il sera sujet à recevoir des choses ou des événements qui s'y produisent une impression d'inquiétante étrangeté.

Il nous est facile de juger que cette caractérisation n'est pas exhaustive, et c'est pourquoi nous allons essayer d'aller au-delà de l'équation étrangement inquiétant = non-familier. Nous nous tournerons d'abord vers d'autres langues. Mais les dictionnaires que nous compulsons ne nous apprennent rien de nouveau, peut-être pour la simple raison que ce sont là pour nous des langues étrangères. Nous avons même l'impression que, dans beaucoup de langues, le mot qui désignerait cette nuance particulière de l'effrayant fait défaut[1].

Latin (d'après K. E. Georges, *Kleines Deutschlateinisches Wörterbuch* 1898) : un lieu « unheimlich » — *locus suspectus*; à une heure de la nuit « unheimlich » — *intempesta nocte*.

Grec (dictionnaires de Rost et de Schenkl) : ξένος — donc étranger, d'allure étrangère.

Anglais (extraits des dictionnaires de Lucas, Bellow, Flügel, Muret-Sanders) : *uncomfortable, uneasy, gloomy, dismal, uncanny, ghastly*; en parlant d'une maison : *haunted*; en parlant d'un être humain : *a repulsive fellow*.

Français (Sachs-Villatte) : *inquiétant, sinistre, lugubre, mal à son aise*.

Espagnol (Tollhausen 1889) : *sospechoso, de mal agüero, lúgubre, siniestro*.

Das Italienische und Portugiesische scheinen
sich mit Worten zu begnügen, die wir als Um-
schreibungen bezeichnen würden. Im Arabischen
und Hebräischen fällt unheimlich mit dämo-
nisch, schaurig zusammen.

Kehren wir darum zur deutschen Sprache
zurück.

In Daniel Sanders' *Wörterbuch der Deutschen
Sprache* 1860 finden sich folgende Angaben zum
Worte heimlich, die ich hier ungekürzt abschrei-
ben und aus denen ich die eine und die andere
Stelle durch Unterstreichung hervorheben will
(I. Bd., p. 729) :

> *Heimlich*, a. (*-keit*, f. *-en*) :
> 1. auch *Heimelich*, *heimelig*, zum Hause gehörig,
> nicht fremd, vertraut, zahm, traut und traulich,
> *anheimelnd* etc.
>
> *a)* (veralt.) zum Haus, zur Familie gehörig,
> oder : wie dazu gehörig betrachtet, vgl. lat. *fami-
> liaris*, vertraut. Die Heimlichen, die Hausgenos-
> sen; *Der heimliche Rat*. 1. Mos. 41, 45; 2. Sam.
> 23, 23. 1. Chr. 12, 25. Weish. 8, 4., wofür jetzt :
> *Geheimer* (s. *d* 1.) *Rat* üblich ist, s. *Heimlicher* —
> *b)* von Tieren zahm, sich den Menschen trau-
> lich anschließend. Ggstz. wild, z. B. Tier, die
> weder wild noch *heimlich* sind etc. Eppendorf. 88;
> Wilde Thier... so man sie h. und gewohnsam um
> die Leute aufzeucht. 92. So diese Thierle von
> Jugend bei den Menschen erzogen, werden sie
> ganz h., freundlich etc. Stumpf 608a etc. — So
> noch : So h. ist's (das Lamm) und frißt aus mei-
> ner Hand. Hölty; Ein schöner, *heimelicher* (s. *c*)
> Vogel bleibt der Storch immerhin. Linck. Schl.
> 146. s. *Häuslich*. 1 etc.

L'italien et le portugais semblent se contenter de mots que nous qualifierions de périphrases. En arabe et en hébreu, *unheimlich* coïncide avec le démonique, ce qui donne des frissons.

Revenons donc à la langue allemande.

Dans le *Wörterbuch der Deutschen Sprache* (1860) de Daniel Sanders, on trouve à l'article *heimlich* les indications suivantes, que je vais reproduire ici *in extenso*, et dont je ferai ressortir tel ou tel passage en le soulignant (t. I, p. 729) :

> *Heimlich*, adj. (*-keit*, f. *-en*)
>
> 1. également *heimelich, heimelig,* qui fait partie de la maison, non étranger, familier, apprivoisé, cher et intime, engageant [*anheimelnd*], etc.
>
> *a)* (vieilli) faisant partie de la maison, de la famille, ou : considéré comme en faisant partie, cf. lat. *familiaris*, familier. *Die Heimlichen*, ceux qui habitent sous le même toit; *Der heimliche Rat* (conseiller secret). Gen. 41, 45; II Sam. 23, 23; I Chr. 12, 25; Sag. 8, 4, auquel est préféré actuellement : *Geheimer Rat* (voir ce mot 1), voir *Heimlicher*.
>
> *b)* en parlant d'animaux, apprivoisé, qui s'attache intimement à l'homme. Ant. sauvage, par exemple, animaux qui ne sont ni sauvages ni *heimlich*, etc. Eppendorf. 88; Les animaux sauvages… quand on les élève à l'entour des gens de manière *heimlich* et domestique. 92. Quand ces petits animaux sont élevés dès leur jeunesse auprès des hommes, ils deviennent tout à fait *heimlich*, aimables, etc., Stumpf 608 a, etc. — Et encore : (l'agneau) est si *heimlich* qu'il mange dans ma main. Hölty; La cigogne reste, quoi qu'il en soit, un bel oiseau *heimelich* (voir *c*). Linck. Schl. 146. Voir *Häuslich* 1 [domestique], etc.

c) traut, traulich *anheimelnd*; das Wohlgefühl
stiller Befriedigung etc., behaglicher Ruhe u.
sichern Schutzes, wie das umschlossne wohnliche
Haus erregend (vgl. *Geheuer*) : Ist dir's h. noch im
Lande, wo die Fremden deine Wälder roden?
Alexis H. 1, 1, 289. Es war ihr nicht allzu h. bei
ihm. Brentano Wehm. 92; Auf einem hohen
h—en Schattenpfade..., längs dem rieselnden
rauschenden und plätschernden Waldbach. Forster B. 1, 417. Die H—keit der Heimath zerstören.
Gervinus Lit. 5, 375. So vertraulich und heimlich
habe ich nicht leicht ein Plätzchen gefunden.
G. 14, 14; Wir dachten es uns so bequem, so
artig, so gemütlich und h. 15, 9; In stiller
H—keit, umzielt von engen Schranken. Haller;
Einer sorglichen Hausfrau, die mit dem Wenigsten eine vergnügliche H—keit (*Häuslichkeit*) zu
schaffen versteht. Hartmann Unst. 1, 188; Desto
h—er kam ihm jetzt der ihm erst kurz noch so
fremde Mann vor. Kerner 540; Die protestanti-
schen Besitzer fühlen sich... nicht h. unter ihren
katholischen Unterthanen. Kohl. Irl. 1, 172;
Wenns h. wird und leise / die Abendstille nur an
deiner Zelle lauscht. Tiedge 2, 39; Still und lieb
und h., als sie sich / zum Ruhen einen Platz nur
wünschen möchten. W. 11, 144; Es war ihm gar-
nicht h. dabei 27, 170 etc. — Auch : Der Platz
war so still, so einsam, so schatten-h. Scherr Pilg.
1, 170; Die ab- und zuströmenden Fluthwellen,
träumend und wiegenlied-h. Körner, Sch. 3, 320
etc. — Vgl. namentl. Un-h.

c) cher, intime, engageant [*anheimelnd*] ; susci-
tant le sentiment agréable d'une satisfaction tranquille, etc., d'un calme confortable et d'une
protection sûre, comme l'enceinte de la maison
qu'on habite (cf. *Geheuer*) : Te sens-tu encore *heimlich* dans ce pays où les étrangers défrichent tes
forêts? Alexis H. 1, 1, 289. Elle ne se sentait pas
tellement *heimlich* auprès de lui. Brentano Wehm.
92 ; Sur un sentier élevé, ombragé et *heimlich*..., le
long d'un ruisseau de forêt dont l'eau, en s'écou-
lant, bruissait et clapotait. Forster B. 1, 417. Détruire
la *Heimlichkeit* du pays natal [*Heimath*]. Gervinus
Lit. 5, 375. J'aurais difficilement trouvé un petit
coin plus intime et plus *heimlich*. G. 14, 14 ; Nous
l'imaginions si commode, si charmant, si douillet
et *heimlich*. 15, 9 ; Dans une *Heimlichkeit* tranquille,
circonscrite par des barrières étroites. Haller ;
Une ménagère avisée, qui s'entend à créer avec
des riens une *Heimlichkeit* (*Häuslichkeit*) [a] plaisante.
Hartmann Unst. 1, 188 ; Il trouvait maintenant
des traits d'autant plus *heimlich* à cet homme qui,
encore peu de temps auparavant, lui avait paru
si étranger. Kerner 540 ; Les propriétaires protes-
tants ne se sentent pas... *heimlich* parmi leurs
sujets catholiques. Kohl. Irl. 1, 172 ; Quand tout
devient *heimlich* et qu'en silence seul le calme
du soir épie ta cellule, Tiedge 2, 39 ; Tranquille,
charmant et *heimlich*, tel qu'ils ne pouvaient sou-
haiter un lieu plus propice au repos ; W. 11 ; 144 ;
Il ne se sentait pas du tout *heimlich* en la circons-
tance 27, 170, etc. — Également : Le lieu était si
tranquille, si solitaire, si *schatten-heimlich* [*Schatten*
= ombre]. Scherr Pilg. 1, 170 ; Les flots de la
marée descendante et montante, rêveurs et *wie-
genlied-heimlich* [b]. Körner, Sch. 3, 320, etc. — Cf.
notamment *Un-heimlich*.

— Namentl. bei schwäb., schwzr. Schriftst. oft
dreisilbig : Wie «*heimelich*» war es dann Ivo
Abends wieder, als er zu Hause lag. Auerbach, D.
1, 249; In dem Haus ist mir's so heimelig gewesen. 4. 307; Die warme Stube, der heimelige
Nachmittag. Gotthelf, Sch. 127, 148; Das ist das
wahre Heimelig, wenn der Mensch so von Herzen
fühlt, wie wenig er ist, wie groß der Herr ist. 147;
Wurde man nach und nach recht gemütlich und
heimelig mit einander, U. 1, 297; Die trauliche
Heimeligkeit. 380, 2, 86; Heimelicher wird es mir
wohl nirgends werden als hier. 327; Pestalozzi 4,
240; Was von ferne herkommt... lebt gw. nicht
ganz heimelig (heimatlich, freundnachbarlich) mit
den Leuten. 325; Die Hütte, wo / er sonst so heimelig, so froh / ... im Kreis der Seinen oft gesessen.
Reithard 20; Da klingt das Horn des Wächters so
heimelig vom Thurm — da ladet seine Stimme
so gastlich. 49; Es schläft sich da so lind und
warm / so wunderheim'lig ein. 23 etc. — *Diese
Weise verdiente allgemein zu werden, um das gute
Wort vor dem Veralten wegen nahe liegender Ver-
wechslung mit 2 zu bewahren. vgl : «Die Zecks sind
alle h. (2)» H...? Was verstehen sie unter h...?
— «Nun... es kommt mir mit ihnen vor, wie mit
einem zugegrabenen Brunnen oder einem ausgetrock-
neten Teich. Man kann nicht darüber gehen ohne daß
es Einem immer ist, als könnte da wieder einmal Wasser zum Vorschein kommen.» Wir nennen das un—
h.; Sie nennen's h. Worin finden Sie denn, daß diese
Familie etwas Verstecktes und Unzuverlässiges hat?
etc. Gutzkow R. 2, 61. —*

    d) (s. *c*) namentl. schles. : fröhlich, heiter, auch
vom Wetter, s. Adelung und Weinhold.

— Notamment chez les écrivains souabes et suisses, souvent trisyllabique : Quel sentiment *heimelich* éprouvait à nouveau Ivo le soir, quand il était couché chez lui. Auerbach, D. 1, 249 ; Dans cette maison, je me suis senti tellement *heimelig*, 4, 307 ; La salle chaude, l'après-midi *heimelig*. Gotthelf, Sch. 127, 148 ; Ceci est le vrai *Heimelig*, quand l'homme sent du fond de son cœur combien il est peu de chose et combien grand est le Seigneur. 147 ; On devenait peu à peu tout à fait intime et *heimelig* les uns avec les autres, U. 1, 297 ; La *Heimeligkeit* cordiale. 380, 2, 86 ; Je ne me sentirai sans doute nulle part plus *heimelich* qu'ici. 327 ; Pestalozzi 4, 240 ; D'habitude, ce qui vient de loin, ... ne vit pas en général dans des rapports tout à fait *heimelig* (*heimatlich* [= du pays natal], de voisinage amical) avec les gens. 325 ; Le chalet où / jadis, *heimelig* et joyeux / ... il était souvent assis au milieu des siens. Reithard 20 ; Voici que retentit du haut de la tour le son si *heimelig* du cor du guetteur — voici que me convie sa voix hospitalière, 49 ; Il fait si doux, si chaud, si *wunderheim'lig*[a] / s'endormir là. 23, etc. — *Cette orthographe mériterait d'être généralisée, afin de préserver ce mot précieux d'un vieillissement dû à la confusion trop tentante avec 2. Cf. « Les Zeck*[b] *sont tous* heimlich (2)[c] — Heimlich ? *Qu'entendez-vous par* heimlich ? — Eh bien... j'ai la même impression avec eux qu'avec un puits enseveli ou un étang asséché. On ne peut jamais passer dessus sans avoir le sentiment que de l'eau pourrait en resurgir un jour. » C'est ce que nous appelons* un-heimlich ; *vous, vous l'appelez* heimlich. *En quoi trouvez-vous donc que cette famille a quelque chose de caché et de peu sûr ? etc. Gutzkow R. 2, 61*[1].

d) (voir *c*) notamment en Silésie : gai, serein, également en parlant du temps, voir Adelung et Weinhold.

2. versteckt, verborgen gehalten, so daß man Andre nicht davon oder darum wissen lassen, es ihnen verbergen will, vgl. *Geheim* (2), von welchem erst nhd. Ew. es doch zumal in der älteren Sprache, z. B. in der Bibel, wie Hiob 11, 6; 15, 8, Weish. 2, 22; 1. Korr. 2, 7 etc. und so auch H—keit statt *Geheimnis*. Math. 13, 35 etc. nicht immer genau geschieden wird: H. (hinter Jemandes Rücken) Etwas thun, treiben; Sich h. davon schleichen; H—e Zusammenkünfte, Verabredungen; Mit h—er Schadenfreude zusehen; H. seufzen, weinen; H. thun, als ob man etwas zu verbergen hätte; H—e Liebe, Liebschaft, Sünde; H—e Orte (die der Wohlstand zu verhüllen gebietet). 1. Sam. 5, 6; Das h—e Gemach (Abtritt) 2. Kön. 10, 27; W. 5, 256 etc., auch: Der h—e Stuhl, Zinkgräf 1, 249; In Graben, in H—keiten werfen. 3, 75; Rollenhagen Fr. 83 etc. — Führte, h. vor Laomedon / die Stuten vor. B. 161 b etc. — Ebenso versteckt, h., hinterlistig und boshaft gegen grausame Herren... wie offen, frei, theilnehmend und dienstwillig gegen den leidenden Freund. Burmeister g B 2, 157; Du sollst mein h. Heiligstes noch wissen. Chamisso 4, 56; Die h—e Kunst (der Zauberei). 3, 224; Wo die öffentliche Ventilation aufhören muß, fängt die h—e Machination an. Forster, Br. 2, 135; Freiheit ist die leise Parole h. Verschworener, das laute Feldgeschrei der öffentlich Umwälzenden. G. 4, 222;

2. caché, dissimulé, de telle sorte qu'on ne veut pas que d'autres en soient informés, soient au courant, qu'on veut le soustraire à leur savoir, cf. *Geheim* (2) [= secret, adj.], adjectif qui n'existe qu'en nouveau-haut-allemand, et dont il n'est pas toujours clairement distingué, surtout dans la langue ancienne, par exemple dans la Bible, comme Job 11, 6 ; 15, 8 ; Sag. 2, 22 ; 1 Cor. 2, 7, etc., de même que *Heimlichkeit* pour *Geheimnis* [= secret, subst.] Math. 13, 35, etc. : faire, manigancer quelque chose *heimlich* (dans le dos de quelqu'un) ; s'esquiver *heimlich* ; rencontres, rendez-vous *heimlich* ; regarder avec une joie maligne *heimlich* ; soupirer, pleurer *heimlich* ; agir *heimlich*, comme si l'on avait quelque chose à cacher ; amour, affaire de cœur, péché *heimlich* ; lieux *heimlich* (que la bienséance commande de voiler). I Sam. 5, 6 ; la pièce *heimlich* (cabinet) II Rois 10, 27 ; Sag. 5, 256, etc., également : le siège *heimlich*, Zinkgräf 1, 249 ; jeter dans des fossés, dans des *Heimlichkeiten*. 3, 75 ; Rollenhagen Fr. 83, etc. — Fit avancer, en se cachant de [*heimlich vor*] Laomédon / les juments. B. 161 b, etc. — Tout aussi dissimulé, *heimlich*, cauteleux et âpre à l'endroit des seigneurs cruels... qu'ouvert, franc, compatissant et serviable à l'endroit de l'ami souffrant. Burmeister g B 2, 157 ; il faut que tu apprennes encore ce que j'ai en moi de *heimlich*, de plus sacré. Chamisso 4, 56 ; l'art *heimlich* (de la magie). 3, 224 ; Là où doit s'arrêter la ventilation officielle, commence la machination *heimlich*. Forster, Br. 2, 135 ; Liberté est le mot d'ordre chuchoté de conjurés *heimlich*, le cri de ralliement hurlé des révolutionnaires publics. G. 4, 222 ;

Ein heilig, h. Wirken. 15; Ich habe Wurzeln / die
sind gar h., / im tiefen Boden / bin ich gegründet.
2, 109; Meine h—e Tücke (vgl. Heimtücke). 30,
344; Empfängt er es nicht offenbar und gewissen-
haft, so mag er es h. und gewissenlos ergreifen.
39, 22; Ließ h. und geheimnisvoll achromatische
Fernröhre zusammensetzen. 375; Von nun an,
will ich, sei nichts H—es mehr unter uns. Sch.
369 b. — Jemandes H—keiten entdecken, offen-
baren, verrathen; H—keiten hinter meinem Rük-
ken zu brauen. Alexis. H. 2, 3, 168; Zu meiner
Zeit / befliß man sich der H—keit. Hagedorn 3,
92; Die H—keit und das Gepuschele unter der
Hand. Immermann, M. 3, 289; Der H—keit (des
verborgnen Golds) unmächtigen Bann / kann nur
die Hand der Einsicht lösen. Novalis, 1, 69; / Sag
an, wo du sie verbirgst... in welches Ortes versch-
wiegener H. Schr. 495 b; Ihr Bienen, die ihr kne-
tet / der H—keiten Schloß (Wachs zum Siegeln).
Tieck, Cymb. 3, 2; Erfahren in seltnen H—keiten
(Zauberkünsten). Schlegel Sh. 6, 102 etc. vgl.
Geheimnis L. 10 : 291 ff.

Zsstg. s. 1 *c*, so auch nam. der Ggstz. : *Un-* :
unbehagliches, banges Grauen erregend : Der
schier ihm un-h., gespenstisch erschien. Chamisso
3, 238; Der Nacht un-h. bange Stunden. 4, 148;
Mir war schon lang' un-h., ja graulich zu Mute.
242; Nun fängts mir an, un-h. zu werden. Gutzkow R. 2, 82; Empfindet ein u—es Grauen.
Verm. 1, 51; Un-h. und starr wie ein Steinbild.
Reis, 1, 10; Den u—en Nebel, Haarrauch
geheißen. Immermann M., 3, 299;

une opération sacrée, *heimlich*. 15 ; J'ai des racines, / qui sont toutes *heimlich*, / dans les profondeurs du sol / j'ai mon fondement. 2, 109 ; ma perfidie [*Tücke*] *heimlich* (cf. *Heimtücke* = sournoiserie). 30, 344 ; s'il ne le reçoit pas au grand jour et avec conscience, qu'il s'en empare *heimlich* et sans conscience. 39, 22 ; Fit monter *heimlich* et avec mystère des longues-vues achromatiques. 375 ; Désormais, je le veux, qu'il n'y ait plus rien de *heimlich* entre nous. Sch. 369 b. — Découvrir, dévoiler, trahir les *Heimlichkeiten* de quelqu'un ; Mijoter des *Heimlichkeiten* dans mon dos. Alexis. H. 2, 3, 168 ; À mon époque / on cultivait la *Heim-lichkeit*. Hagedorn 3, 92 ; La *Heimlichkeit* et les cabales en sous-main. Immermann, M. 3, 289 ; Le charme impuissant de la *Heimlichkeit* (de l'or caché) / ne peut être rompu que par la main de la connaissance. Novalis 1, 69 ; / Dis-moi où tu la caches… dans la *Heimlichkeit* discrète de quel lieu. Schr. 495 b ; Vous, abeilles, qui pétrissez / le ver-rou des *Heimlichkeiten* (la cire à cacheter). Tieck, Cymb. 3, 2 ; versé dans des *Heimlichkeiten* rares (à des arts magiques). Schlegel Sh. 6, 102, etc., cf. *Geheimnis*, L. 10 : 291 *sq*.

Composés, voir 1 *c*, de même qu'en particulier l'antonyme : *Un-heimlich* : qui met mal à l'aise, qui suscite une épouvante angoissée : Qui lui parut presque *un-heimlich*, fantomatique. Chamisso 3, 238 ; Les heures de la nuit qui suscitent une angoisse *un-heimlich*. 4, 148 ; J'éprouvais depuis longtemps un sentiment *un-heimlich*, voire d'épouvante. 242 ; Je commence à me sentir *un-heimlich*. Gutzkow R. 2, 82 ; Éprouve une épouvante *un-heimlich*. Verm. 1, 51 ; *Un-heimlich* et figé comme une statue de pierre. Reis, 1, 10 ; Le brouillard *un-heimlich* qu'on appelle « fumée de cheveux ». Immermann M., 3, 299 ;

Diese blassen Jungen sind un-h. und brauen Gott
weiß was Schlimmes. Laube, Band 1, 119; *Unh.
nennt man Alles, was im Geheimnis, im Verborgenen… bleiben sollte und hervorgetreten ist. Schelling,
2, 2, 649 etc.* — Das Göttliche zu verhüllen, mit
einer gewissen U—keit zu umgeben 658 etc. —
Unüblich als Ggstz. von (2), wie es Campe ohne
Beleg anführt.

Aus diesem langen Zitat ist für uns am interes-
santesten, daß das Wörtchen *heimlich* unter den
mehrfachen Nuancen seiner Bedeutung auch eine
zeigt, in der es mit seinem Gegensatz *unheimlich*
zusammenfällt. Das *heimliche* wird dann zum
unheimlichen; vgl. das Beispiel von Gutzkow :
«Wir nennen das *unheimlich*, Sie nennen's *heimlich*.» Wir werden überhaupt daran gemahnt, daß
dies Wort heimlich nicht eindeutig ist, sondern
zwei Vorstellungskreisen zugehört, die, ohne
gegensätzlich zu sein, einander doch recht fremd
sind, dem des Vertrauten, Behaglichen und dem
des Versteckten, Verborgengehaltenen. *Unheimlich* sei nur als Gegensatz zur ersten Bedeutung, nicht auch zur zweiten gebräuchlich. Wir
erfahren bei Sanders nichts darüber, ob nicht
doch eine genetische Beziehung zwischen diesen
zwei Bedeutungen anzunehmen ist.

Ces pâles jeunes gens sont *un-heimlich* et mijotent
Dieu sait quel mauvais coup. Laube, tome 1, 119 ;
On qualifie de un-heimlich *tout ce qui devrait rester…*
dans le secret [Geheimnis], *dans l'ombre, et qui en est*
sorti. Schelling, 2, 2, 649, etc. — Voiler le divin, l'en-
tourer d'une certaine *Unheimlichkeit* 658, etc. —
Inusité comme antonyme de (2), contre l'avis de
Campe qui avance le contraire sans l'étayer par
des références.

Ce qui ressort pour nous de plus intéressant de
cette longue citation, c'est que, parmi ses multiples nuances de signification, le petit mot *heim-*
lich en présente également une où il coïncide
avec son opposé *unheimlich*. Ce qui est *heimlich*
devient alors *unheimlich* ; voir l'exemple de Gutzkow : « C'est ce que nous appelons *unheimlich* ;
vous, vous l'appelez *heimlich*. » Cela nous rappelle
plus généralement que ce terme de *heimlich*
n'est pas univoque, mais qu'il appartient à deux
ensembles de représentations qui, sans être
opposés, n'en sont pas moins fortement étrangers, celui du familier, du confortable, et celui
du caché, du dissimulé. *Unheimlich* ne serait usité
qu'en tant qu'antonyme de la première signification, mais non de la seconde. Sanders ne nous
éclaire pas du tout sur la question de savoir s'il
ne faudrait pas tout de même faire l'hypothèse
d'une relation génétique entre les deux significa-
tions.

Hingegen werden wir auf eine Bemerkung von
Schelling aufmerksam, die vom Inhalt des
Begriffes *Unheimlich* etwas ganz Neues aussagt,
auf das unsere Erwartung gewiß nicht eingestellt
war. *Unheimlich* sei alles, was ein Geheimnis, im
Verborgenen bleiben sollte und hervorgetreten ist.

Ein Teil der so angeregten Zweifel wird durch
die Angaben in Jacob und Wilhelm Grimm :
Deutsches Wörterbuch, Leipzig 1877 (IV/2, p. 874 f)
geklärt :

> *Heimlich*; adj. und adv. *vernaculus, occultus*;
> mhd. *heimelîch, heimlîch.*
> S. 874 : In etwas anderem sinne : es ist mir
> *heimlich*, wohl, frei von furcht...
> *b) heimlich* ist auch der von gespensterhaften
> freie ort...
> S. 875 : β) vertraut; freundlich, zutraulich.
> *4. aus dem heimatlichen, häuslichen entwickelt sich
> weiter der begriff des fremden augen entzogenen, ver-
> borgenen, geheimen, eben auch in mehrfacher bezie-
> hung ausgebildet...*
> S. 876 : « links am see
>   liegt eine matte *heimlich* im gehölz. »
>   Schiller, *Tell* I, 4.
> ... frei und für den modernen sprachgebrauch
> ungewöhnlich... *heimlich* ist zu einem verbum des
> verbergens gestellt : er verbirgt mich *heimlich* in
> seinem gezelt. ps. 27, 5. (... *heimliche* orte am
> menschlichen Körper, *pudenda*... welche leute
> nicht stürben, die wurden geschlagen an *heimli-
> chen* örten. 1 Samuel 5, 12...)

Notre attention est attirée en revanche par une remarque de Schelling, qui énonce quant au contenu du concept de *Unheimlich* quelque chose de tout à fait nouveau et à quoi notre attente n'était certainement pas préparée. Serait *unheimlich* tout ce qui devait rester un secret, dans l'ombre, et qui en est sorti.

Une partie des doutes ainsi suscités est éclaircie par les indications de Jacob et Wilhelm Grimm dans le *Deutsches Wörterbuch*, Leipzig 1877 (IV/2, p. 874 *sq.*) :

> *Heimlich* ; adj. et adv. *vernaculus, occultus* ; moyen-haut-allemand : *heimelîch, heimlîch.*
>
> P. 874 : En un sens légèrement différent : « Je me sens *heimlich*, bien, dépourvu de crainte… »
>
> *b)* Est aussi *heimlich* le lieu dépourvu de fanto-matique…
>
> P. 875 : β) familier ; aimable, confiant.
>
> 4. *à partir du natal* [heimatlich], *du domestique* [häuslich] *se développe par dérivation le concept de ce qui est soustrait à des yeux étrangers, dissimulé, secret* [geheim], *ce concept se spécifiant d'ailleurs dans des contextes divers…*
>
> P. 876 : « à la gauche du lac
> se trouve un pré *heimlich* au milieu des bois. »
>
> Schiller, *Tell* I, 4.
>
> … librement et d'une manière inhabituelle pour l'usage moderne… *heimlich* est associé à un verbe signifiant « cacher » : « Il me cache *heimlich* sous sa tente. » Ps. 27, 5. (… des lieux *heimlich* du corps humain, des *pudenda*… quant à ceux qui ne mouraient pas, ils étaient battus sur des lieux *heimlich*, 1 Sam. 5, 12…)

   c) beamtete, die wichtige und geheim zu haltende ratschläge in staatssachen ertheilen, heis-
zen *heimliche räthe*, das adjektiv nach heutigem
sprachgebrauch durch *geheim* (s. d.) ersetzt : ...
(Pharao) nennet ihn (Joseph) den *heimlichen rath.*
1 Mos. 41, 45;
   S. 878 : 6. *heimlich* für die erkenntnis, mystisch,
allegorisch : heimliche bedeutung, *mysticus, divinus, occultus, figuratus.*
   S. 878 : anders ist *heimlich* im folgenden, der
erkenntnis entzogen, unbewuszt : ...
   dann aber ist *heimlich* auch verschlossen, un-
durchdringlich in bezug auf erforschung : ...
   « merkst du wohl ? sie trauen mir nicht,
fürchten des Friedländers *heimlich* gesicht. »
                              Wallensteins lager, 2. aufz.
   9. *die bedeutung des versteckten, gefährlichen, die
in der vorigen nummer hervortritt, entwickelt sich
noch weiter, so dasz heimlich den sinn empfängt,
den sonst unheimlich (gebildet nach heimlich, 3 b,
sp. 874) hat* : « mir ist zu zeiten wie dem menschen der in nacht wandelt und an gespenster
glaubt, jeder winkel ist ihm *heimlich* und schauer-
haft. » Klinger, theater, 3, 298.

   Also *heimlich* ist ein Wort, das seine Bedeutung
nach einer Ambivalenz hin entwickelt, bis es endlich mit seinem Gegensatz *unheimlich* zusammenfällt. *Unheimlich* ist irgendwie eine Art von
heimlich. Halten wir dies noch nicht recht geklärte
Ergebnis mit der Definition des *Unheimlichen*
von Schelling zusammen.

c) des fonctionnaires qui donnent pour des affaires d'État des conseils importants et qui doivent êtres tenus secrets [*geheim zu haltende*], sont nommés *heimliche räthe* [conseillers secrets], l'adjectif étant remplacé suivant l'usage actuel par *geheim* [secret] voir ce mot : ... «(Pharaon) le (Joseph) nomme *heimlichen rath*». Gen. 41, 45;

P. 878 : 6. *heimlich* en parlant de la connaissance, mystique, allégorique : signification *heimlich, mysticus, divinus, occultus, figuratus.*

P. 878 : dans ce qui suit, *heimlich* a une signification différente : soustrait à la connaissance, inconscient : ...

Mais alors *heimlich* signifie aussi : fermé, impénétrable sous le rapport de l'exploration : ...

«Ne le vois-tu pas? Ils ne me font pas confiance, ils craignent le visage *heimlich* de Friedland.»

   Schiller, *Le camp de Wallenstein*, scène 2.

9. *la signification du caché, du dangereux, qui ressort du numéro précédent, continue à évoluer, de sorte que* heimlich *finit par prendre le sens habituellement réservé à* unheimlich (*formé d'après* heimlich, 3 *b*, col. 874) : «J'ai par moments la même impression qu'un homme qui chemine dans la nuit et croit à des fantômes, chaque recoin est pour lui *heimlich* et le fait frissonner.» Klinger, Théâtre, 3, 298.

Heimlich est donc un mot dont la signification évolue en direction d'une ambivalence, jusqu'à ce qu'il finisse par coïncider avec son contraire *unheimlich. Unheimlich* est en quelque sorte une espèce de *heimlich*. Maintenons ce résultat non encore bien élucidé en regard de la définition du *Unheimlich* que nous donne Schelling[a].

Die Einzeluntersuchung der Fälle des Unheimlichen wird uns diese Andeutungen verständlich
machen.

II

Wenn wir jetzt an die Musterung der Personen
und Dinge, Eindrücke, Vorgänge und Situationen herangehen, die das Gefühl des Unheimlichen in besonderer Stärke und Deutlichkeit in
uns zu erwecken vermögen, so ist die Wahl eines
glücklichen ersten Beispiels offenbar das nächste
Erfordernis. E. Jentsch hat als ausgezeichne-
ten Fall den «Zweifel an der Beseelung eines
anscheinend lebendigen Wesens und umgekehrt
darüber, ob ein lebloser Gegenstand nicht etwa
beseelt sei» hervorgehoben und sich dabei auf
den Eindruck von Wachsfiguren, kunstvollen Puppen und Automaten berufen. Er reiht dem das
Unheimliche des epileptischen Anfalls und der
Äußerungen des Wahnsinnes an, weil durch sie
in dem Zuschauer Ahnungen von automatischen
— mechanischen — Prozessen geweckt werden,
die hinter dem gewohnten Bilde der Beseelung
verborgen sein mögen. Ohne nun von dieser
Ausführung des Autors voll überzeugt zu sein,
wollen wir unsere eigene Untersuchung an ihn
anknüpfen, weil er uns im weiteren an einen
Dichter mahnt, dem die Erzeugung unheimlicher
Wirkungen so gut wie keinem anderen gelungen ist.

L'examen détaillé des cas d'inquiétante étrangeté nous rendra ces allusions intelligibles.

II

Si nous voulons maintenant passer en revue les personnes et les choses, les impressions, les événements et les situations qui sont à même d'éveiller en nous le sentiment d'inquiétante étrangeté avec une force et une netteté particulières, notre première tâche sera évidemment de choisir un exemple liminaire heureux. E. Jentsch a mis en avant comme cas privilégié la situation où l'on «doute qu'un être apparemment vivant ait une âme, ou bien à l'inverse, si un objet non vivant n'aurait pas par hasard une âme»; et il se réfère à ce propos à l'impression que produisent des personnages de cire, des poupées artificielles et des automates. Il met sur le même plan l'étrangement inquiétant provoqué par la crise épileptique ou les manifestations de la folie, parce qu'elles éveillent chez leur spectateur les pressentiments de processus automatiques — mécaniques —, qui se cachent peut-être derrière l'image habituelle que nous nous faisons d'un être animé. Eh bien, sans être pleinement convaincu par ce développement de l'auteur, nous le prendrons comme point d'appui de notre propre investigation, parce qu'il nous mettra plus loin sur la voie d'un écrivain qui a réussi mieux que tout autre à produire des effets d'inquiétante étrangeté.

«Einer der sichersten Kunstgriffe, leicht unheimliche Wirkungen durch Erzählungen hervorzurufen», schreibt Jentsch, «beruht nun darauf,
daß man den Leser im Ungewissen darüber läßt,
ob er in einer bestimmten Figur eine Person oder
etwa einen Automaten vor sich habe, und zwar
so, daß diese Unsicherheit nicht direkt in den
Brennpunkt seiner Aufmerksamkeit tritt, damit
er nicht veranlaßt werde, die Sache sofort zu
untersuchen und klarzustellen, da hiedurch, wie
gesagt, die besondere Gefühlswirkung leicht
schwindet. E. T. A. Hoffmann hat in seinen Phan-
tasiestücken dieses psychologische Manöver wiederholt mit Erfolg zur Geltung gebracht.»

Diese gewiß richtige Bemerkung zielt vor
allem auf die Erzählung «Der Sandmann» in den
«Nachtstücken» (dritter Band der Grisebach-
schen Ausgabe von Hoffmanns sämtlichen Wer-
ken), aus welcher die Figur der Puppe Olimpia in
den ersten Akt der Offenbachschen Oper «Hoffmanns Erzählungen» gelangt ist. Ich muß aber
sagen — und ich hoffe, die meisten Leser der
Geschichte werden mir beistimmen, — daß das
Motiv der belebt scheinenden Puppe Olimpia
keineswegs das einzige ist, welches für die unver-
gleichlich unheimliche Wirkung der Erzählung
verantwortlich gemacht werden muß, ja nicht
einmal dasjenige, dem diese Wirkung in erster
Linie zuzuschreiben wäre.

« L'un des stratagèmes les plus sûrs pour provoquer aisément par des récits des effets d'inquiétante étrangeté, écrit Jentsch, consiste donc à laisser le lecteur dans le flou quant à savoir s'il a affaire, à propos d'un personnage déterminé, à une personne ou par exemple à un automate, et ce de telle sorte que cette incertitude ne s'inscrive pas directement au foyer de son attention, afin qu'il ne soit pas amené à examiner et à tirer la chose aussitôt au clair, vu que, comme nous l'avons déjà dit, cela peut aisément dissiper l'effet affectif spécifique. Dans ses pièces fantastiques, E. T. A. Hoffmann a plusieurs fois réussi à déployer cette manœuvre psychologique. »

Cette remarque, certes pertinente, vise avant tout le récit[a] *L'Homme au sable* dans les *Contes nocturnes*[b] (troisième volume de l'édition Grisebach des œuvres complètes de Hoffmann), d'où est sorti le personnage de la poupée Olympia pour aller figurer dans le premier acte de l'opéra d'Offenbach *Les contes d'Hoffmann*. Mais je dois dire — et j'espère que la plupart des lecteurs de l'histoire en tomberont d'accord avec moi — que le motif de la poupée Olympia, apparemment animée, n'est pas du tout le seul qu'on doive rendre responsable de l'incomparable effet d'inquiétante étrangeté qui se dégage du récit, qu'il n'est même pas celui auquel il faut attribuer cet effet au premier chef.

Es kommt dieser Wirkung auch nicht zustatten, daß die Olimpia-Episode vom Dichter selbst eine leise Wendung ins Satirische erfährt und von ihm zum Spott auf die Liebesüberschätzung von seiten des jungen Mannes gebraucht wird. Im Mittelpunkt der Erzählung steht vielmehr ein anderes Moment, nach dem sie auch den Namen trägt, und das an den entscheidenden Stellen immer wieder hervorgekehrt wird : das Motiv des Sandmannes, der den Kindern die Augen ausreißt.

Der Student Nathaniel, mit dessen Kindheitserinnerungen die phantastische Erzählung anhebt, kann trotz seines Glückes in der Gegenwart die Erinnerungen nicht bannen, die sich ihm an den rätselhaft erschreckenden Tod des geliebten Vaters knüpfen. An gewissen Abenden pflegte die Mutter die Kinder mit der Mahnung zeitig zu Bette zu schicken : Der Sandmann kommt, und wirklich hört das Kind dann jedesmal den schweren Schritt eines Besuchers, der den Vater für diesen Abend in Anspruch nimmt. Die Mutter, nach dem Sandmann befragt, leugnet dann zwar, daß ein solcher anders denn als Redensart existiert, aber eine Kinderfrau weiß greifbarere Auskunft zu geben : «Das ist ein böser Mann, der kommt zu den Kindern, wenn sie nicht zu Bette gehen wollen, und wirft ihnen Hände voll Sand in die Augen, daß sie blutig zum Kopfe herausspringen, die wirft er dann in den Sack und trägt sie in den Halbmond zur Atzung für seine Kinderchen,

Cet effet n'est pas, de surcroît, servi par le fait que l'auteur, par un léger coup de pouce, donne à cet épisode d'Olympia un tour satirique et le mette à profit pour se moquer de la surestimation amoureuse dont est dupe le jeune homme. Au centre du récit se trouve bien plutôt un autre facteur, auquel il emprunte du reste son titre, et qui est à nouveau mis en relief à chaque passage décisif : à savoir le motif de l'Homme au sable qui arrache leurs yeux aux enfants.

L'étudiant Nathanaël, par les souvenirs d'enfance duquel s'ouvre le récit fantastique[a], ne peut, en dépit de son bonheur présent, exorciser les souvenirs qui se rattachent pour lui à la mort énigmatiquement effrayante d'un père qu'il aimait. Certains soirs, la mère du garçon avait coutume d'envoyer les enfants au lit de bonne heure, en brandissant cet avertissement : « L'Homme au sable arrive », et de fait, l'enfant entend alors chaque fois le pas lourd d'un visiteur qui accapare le père pour cette soirée. Il est vrai que la mère, interrogée sur l'Homme au sable, dénie alors que celui-ci ait une existence autre que proverbiale, mais une bonne d'enfants s'entend à donner des informations plus tangibles : « C'est un homme méchant, qui vient auprès des enfants quand ils ne veulent pas aller au lit, et qui leur jette du sable à poignées dans les yeux, de sorte que ceux-ci jaillissent de la tête tout sanglants, alors il les jette dans un sac et les emporte sur le quartier de lune pour en repaître ses petits enfants ;

die sitzen dort im Nest und haben krumme
Schnäbel, wie die Eulen, damit picken sie der
unartigen Menschenkindlein Augen auf.»

Obwohl der kleine Nathaniel alt und verständig
genug war, um so schauerliche Zutaten zur Figur
des Sandmannes abzuweisen, so setzte sich doch
die Angst vor diesem selbst in ihm fest. Er be-
schloß zu erkunden, wie der Sandmann aussehe,
und verbarg sich eines Abends, als er wieder
erwartet wurde, im Arbeitszimmer des Vaters. In
dem Besucher erkennt er dann den Advokaten
Coppelius, eine abstoßende Persönlichkeit, vor
der sich die Kinder zu scheuen pflegten, wenn er
gelegentlich als Mittagsgast erschien, und identi-
fiziert nun diesen Coppelius mit dem gefürchteten Sandmann. Für den weiteren Fortgang dieser
Szene macht es der Dichter bereits zweifelhaft,
ob wir es mit einem ersten Delirium des angst-
besessenen Knaben oder mit einem Bericht zu
tun haben, der als real in der Darstellungswelt
der Erzählung aufzufassen ist. Vater und Gast
machen sich an einem Herd mit flammender
Glut zu schaffen. Der kleine Lauscher hört Coppelius rufen: «Augen her, Augen her», verrät
sich durch seinen Aufschrei und wird von Coppelius gepackt, der ihm glutrote Körner aus der
Flamme in die Augen streuen will, um sie dann
auf den Herd zu werfen. Der Vater bittet die
Augen des Kindes frei. Eine tiefe Ohnmacht und
lange Krankheit beenden das Erlebnis.

ceux-ci sont blottis là-bas dans un nid et ont des
becs crochus, comme les chouettes, et avec eux
ils becquettent les yeux des enfants humains qui
ne sont pas sages. »

Bien que le petit Nathanaël fût assez âgé et
avisé pour récuser d'aussi lugubres fioritures
adjointes à la figure de l'Homme au sable, l'angoisse qu'inspirait le personnage en lui-même ne
s'ancra pas moins en lui. Il décida de partir en
reconnaissance pour savoir à quoi ressemblait
l'Homme au sable, et se cacha, un soir où celui-ci
était à nouveau attendu, dans le bureau de son
père. Il reconnaît alors en la personne du visiteur
l'avocat Coppélius, personnage repoussant, qui
avait coutume d'effaroucher les enfants lorsqu'il
lui arrivait d'être invité à midi, et il identifie
désormais le Coppélius en question à l'Homme
au sable redouté. Quant au déroulement ultérieur de cette scène, l'auteur lui-même fait dou-
ter si nous avons affaire à un premier délire
du jeune garçon en proie à l'angoisse, ou à un
compte rendu qui doit être conçu comme réel
dans l'univers descriptif du récit. Le père et l'invité s'affairent autour d'un âtre à la flamme rou-
geoyante. Le petit espion entend Coppélius crier :
« Par ici les yeux, par ici les yeux » ; il se trahit par
une exclamation et est empoigné par Coppélius,
qui veut prendre dans la flamme des grains embrasés, pour les lui répandre dans les yeux, et jeter
ensuite ceux-ci sur le foyer. Le père demande et
obtient grâce pour les yeux de son enfant. Une
profonde syncope et une longue maladie closent
l'expérience.

Wer sich für die rationalistische Deutung des Sandmannes entscheidet, wird in dieser Phantasie des Kindes den fortwirkenden Einfluß jener Erzählung der Kinderfrau nicht verkennen. Anstatt der Sandkörner sind es glutrote Flammenkörner, die dem Kinde in die Augen gestreut werden sollen, in beiden Fällen, damit die Augen herausspringen. Bei einem weiteren Besuche des Sandmannes ein Jahr später wird der Vater durch eine Explosion im Arbeitszimmer getötet; der Advokat Coppelius verschwindet vom Orte, ohne eine Spur zu hinterlassen.

Diese Schreckgestalt seiner Kinderjahre glaubt nun der Student Nathaniel in einem herumziehenden italienischen Optiker Giuseppe Coppola zu erkennen, der ihm in der Universitätsstadt Wettergläser zum Kauf anbietet und nach seiner Ablehnung hinzusetzt: «Ei, nix Wetterglas, nix Wetterglas! — hab auch sköne Oke — sköne Oke.» Das Entsetzen des Studenten wird beschwichtigt, da sich die angebotenen Augen als harmlose Brillen herausstellen; er kauft dem Coppola ein Taschenperspektiv ab und späht mit dessen Hilfe in die gegenüberliegende Wohnung des Professors Spalanzani, wo er dessen schöne, aber rätselhaft wortkarge und unbewegte Tochter Olimpia erblickt. In diese verliebt er sich bald so heftig, daß er seine kluge und nüchterne Braut über sie vergißt. Aber Olimpia ist ein Automat, an dem Spalanzani das Räderwerk gemacht und dem Coppola — der Sandmann — die Augen eingesetzt hat. Der Student kommt hinzu, wie die beiden Meister sich um ihr Werk streiten;

Quiconque prend parti pour une interprétation rationaliste de l'Homme au sable ne manquera pas de reconnaître dans ce fantasme de l'enfant l'influence persistante du récit de la bonne d'enfants. À la place des grains de sable, ce sont des grains de flamme embrasés qui doivent être répandus dans les yeux de l'enfant, dans les deux cas afin que les yeux jaillissent. Lors d'une visite ultérieure de l'Homme au sable, un an plus tard, le père est tué dans son bureau par une explosion ; l'avocat Coppélius disparaît de l'endroit sans laisser de traces.

Devenu maintenant étudiant, Nathanaël croit reconnaître cette figure d'effroi de son enfance sous les traits d'un opticien italien ambulant du nom de Giuseppe Coppola, qui lui propose, dans la ville où il étudie, de lui vendre des baromètres et, sur son refus, ajoute : « Hé ! hé ! pas baromètre, pas baromètre ! — z'ai aussi d'zoli z'yeux — zoli z'yeux. » L'horreur de l'étudiant est apaisée, les yeux ainsi proposés se révélant être d'inoffensives lunettes ; il achète à Coppola une longue-vue de poche et épie grâce à elle l'appartement du professeur Spalanzani, situé en face, où il aperçoit la fille de celui-ci, Olympia, belle, mais énigmatiquement laconique et immobile. Il éprouve pour elle un coup de foudre si violent qu'il en oublie sa fiancée avisée et raisonnable. Mais Olympia est un automate dont Spalanzani a monté les rouages et dans lequel Coppola — l'Homme au sable — a inséré les yeux. L'étudiant survient alors que les deux maîtres se disputent leur œuvre ;

der Optiker hat die hölzerne, augenlose Puppe davongetragen und der Mechaniker, Spalanzani, wirft Nathaniel die auf dem Boden liegenden blutigen Augen Olimpias an die Brust, von denen er sagt, daß Coppola sie dem Nathaniel gestohlen. Dieser wird von einem neuerlichen Wahnsinnsanfall ergriffen, in dessen Delirium sich die Reminiszenz an den Tod des Vaters mit dem frischen Eindruck verbindet : «Hui — hui — hui ! — Feuerkreis — Feuerkreis ! Dreh' dich, Feuerkreis — lustig — lustig ! Holzpüppchen hui, schön Holzpüppchen dreh' dich —.» Damit wirft er sich auf den Professor, den angeblichen Vater Olimpias, und will ihn erwürgen.

Aus langer, schwerer Krankheit erwacht, scheint Nathaniel endlich genesen. Er gedenkt, seine wiedergefundene Braut zu heiraten. Sie ziehen beide eines Tages durch die Stadt, auf deren Markt der hohe Ratsturm seinen Riesenschatten wirft. Das Mädchen schlägt ihrem Bräutigam vor, auf den Turm zu steigen, während der das Paar begleitende Bruder der Braut unten verbleibt. Oben zieht eine merkwürdige Erscheinung von etwas, was sich auf der Straße heranbewegt, die Aufmerksamkeit Claras auf sich. Nathaniel betrachtet dasselbe Ding durch Coppolas Perspektiv, das er in seiner Tasche findet, wird neuerlich vom Wahnsinn ergriffen und mit den Worten : Holzpüppchen, dreh' dich, will er das Mädchen in die Tiefe schleudern. Der durch ihr Geschrei herbeigeholte Bruder rettet sie und eilt mit ihr herab.

l'opticien a emporté la poupée de bois privée d'yeux, et le mécanicien, Spalanzani, ramasse les yeux sanglants d'Olympia qui traînent sur le sol, et les jette à la poitrine de Nathanaël, tout en disant que Coppola les a volés à Nathanaël. Celui-ci est pris d'une nouvelle crise de folie, dans le délire de laquelle la réminiscence de la mort de son père s'associe à l'impression récente : « Hou — hou — hou ! — cercle de feu — cercle de feu ! Tourne, cercle de feu — ô gué — ô gué ! Petite poupée de bois hou, belle petite poupée de bois tourne —. » Avec ces mots, il se jette sur le professeur, le soi-disant père d'Olympia, et veut l'étrangler.

S'éveillant d'une longue et grave maladie, Nathanaël semble enfin guéri. Il songe à épouser sa fiancée, qu'il a retrouvée. Un jour, ils traversent tous deux la ville, sur le marché de laquelle le haut beffroi de l'hôtel de ville projette son ombre gigantesque. La jeune fille propose à son fiancé de monter sur le beffroi, tandis que le frère de la fiancée, qui accompagne le couple, reste en bas. Une fois en haut, l'attention de Clara est attirée par l'étrange apparition de quelque chose qui se rapproche dans la rue. Nathanaël regarde la même chose avec la longue-vue de Coppola, qu'il trouve dans sa poche ; il est à nouveau pris de folie et tout en prononçant les mots : « Petite poupée de bois, tourne », il veut précipiter la jeune fille dans le vide. Le frère accouru aux cris de celle-ci la sauve et se hâte de redescendre avec elle.

Oben läuft der Rasende mit dem Ausruf
herum : Feuerkreis, dreh' dich, dessen Herkunft
wir ja verstehen. Unter den Menschen, die sich
unten ansammeln, ragt der Advokat Coppelius
hervor, der plötzlich wieder erschienen ist. Wir
dürfen annehmen, daß es der Anblick seiner
Annäherung war, der den Wahnsinn bei Nathaniel zum Ausbruch brachte. Man will hinauf, um
sich des Rasenden zu bemächtigen, aber Coppelius lacht : «wartet nur, der kommt schon herun-
ter von selbst.» Nathaniel bleibt plötzlich stehen,
wird den Coppelius gewahr und wirft sich mit
dem gellenden Schrei : Ja! «Sköne Oke — Sköne
Oke» über das Geländer herab. Sowie er mit zer-
schmettertem Kopf auf dem Straßenpflaster liegt,
ist der Sandmann im Gewühl verschwunden.

Diese kurze Nacherzählung wird wohl keinen
Zweifel darüber bestehen lassen, daß das Gefühl
des Unheimlichen direkt an der Gestalt des Sandmannes, also an der Vorstellung, der Augen
beraubt zu werden, haftet, und daß eine intellektuelle Unsicherheit im Sinne von Jentsch mit dieser Wirkung nichts zu tun hat. Der Zweifel an
der Beseeltheit, den wir bei der Puppe Olimpia
gelten lassen mußten, kommt bei diesem stärke-
ren Beispiel des Unheimlichen überhaupt nicht
in Betracht. Der Dichter erzeugt zwar in uns
anfänglich eine Art von Unsicherheit, indem er
uns, gewiß nicht ohne Absicht, zunächst nicht
erraten läßt, ob er uns in die reale Welt oder in
eine ihm beliebige phantastische Welt einführen
wird.

En haut, le fou furieux court en tous sens en s'exclamant : « Cercle de feu, tourne », formule dont nous comprenons évidemment l'origine. Parmi les gens qui sont attroupés en bas, on voit émerger l'avocat Coppélius qui a brusquement reparu. Nous pouvons supposer que c'est le spectacle de son approche qui a déclenché la folie de Nathanaël. On veut monter pour maîtriser le fou furieux, mais Coppélius[1] dit en riant : « Attendez un peu, il va descendre de lui-même. » Nathanaël s'immobilise soudain, aperçoit Coppélius, et en criant d'une voix perçante : « Oui ! Zoli z'yeux — Zoli z'yeux », il se jette en bas par-dessus la balustrade. Il n'est pas plus tôt étendu sur le pavé, la tête fracassée, que l'Homme au sable a déjà disparu dans la cohue.

Ce bref compte rendu de l'histoire ne laissera sans doute planer aucun doute sur le fait que le sentiment d'inquiétante étrangeté se rattache directement à la figure de l'Homme au sable, donc à la représentation d'être privé de ses yeux, et qu'une incertitude intellectuelle au sens où l'entend Jentsch n'a rien à voir avec cet effet. Le doute quant à la présence d'une âme, que nous avons dû admettre dans le cas de la poupée Olympia, n'entre pas du tout en ligne de compte pour cet exemple beaucoup plus saisissant d'inquiétante étrangeté. Il est vrai qu'au début, l'auteur produit en nous une espèce d'incertitude en ne nous permettant pas d'abord de deviner, et ce sans doute à dessein, s'il va nous introduire dans le monde réel ou dans un monde fantastique de son choix.

Er hat ja bekanntlich das Recht, das eine oder das andere zu tun, und wenn er z. B. eine Welt, in der Geister, Dämonen und Gespenster agieren, zum Schauplatz seiner Darstellungen gewählt hat, wie Shakespeare im *Hamlet*, *Macbeth* und in anderem Sinne im *Sturm* und im *Sommernachtstraum*, so müssen wir ihm darin nachgeben und diese Welt seiner Voraussetzung für die Dauer unserer Hingegebenheit wie eine Realität behandeln. Aber im Verlaufe der Hoffmannschen Erzählung schwindet dieser Zweifel, wir merken, daß der Dichter uns selbst durch die Brille oder das Perspektiv des dämonischen Optikers schauen lassen will, ja daß er vielleicht in höchsteigener Person durch solch ein Instrument geguckt hat. Der Schluß der Erzählung macht es ja klar, daß der Optiker Coppola wirklich der Advokat Coppelius und also auch der Sandmann ist.

Eine «intellektuelle Unsicherheit» kommt hier nicht mehr in Frage : wir wissen jetzt, daß uns nicht die Phantasiegebilde eines Wahnsinnigen vorgeführt werden sollen, hinter denen wir in rationalistischer Überlegenheit den nüchternen Sachverhalt erkennen mögen, und — der Eindruck des Unheimlichen hat sich durch diese Aufklärung nicht im mindesten verringert. Eine intellektuelle Unsicherheit leistet uns also nichts für das Verständnis dieser unheimlichen Wirkung.

Il est en effet connu qu'il a le droit de faire l'un ou l'autre, et quand il a, par exemple, choisi comme théâtre de ses mises en scène un monde où évoluent des esprits, des démons et des fantômes, comme Shakespeare dans *Hamlet*, *Macbeth* et, en un autre sens, dans *La tempête* et *Le songe d'une nuit d'été*, nous devons lui céder sur ce point et traiter comme une réalité le monde par lui présupposé, pendant le temps que nous nous en remettons à lui. Mais au fur et à mesure que se déroule le récit de Hoffmann, ce doute se dissipe, nous nous apercevons que l'auteur veut nous faire regarder nous-même par les lunettes ou la longue-vue de l'opticien démoniaque, qu'il a peut-être même lorgné en personne à travers un tel instrument. En effet, la conclusion du récit révèle clairement que l'opticien Coppola est bien l'avocat Coppélius et donc du même coup l'Homme au sable.

Il ne peut plus être ici question d'une « incertitude intellectuelle » : nous savons désormais qu'il ne s'agit pas de nous présenter les élucubrations fantasmatiques d'un fou, derrière lesquelles nous pourrions reconnaître, au nom de quelque supériorité rationaliste, les choses telles qu'elles sont, et... l'impression d'inquiétante étrangeté n'a pas le moins du monde diminué du fait de cet éclaircissement. La notion d'incertitude intellectuelle ne nous est donc d'aucun secours pour la compréhension de cet effet d'inquiétante étrangeté.

Hingegen mahnt uns die psychoanalytische Erfahrung daran, daß es eine schreckliche Kinderangst ist, die Augen zu beschädigen oder zu verlieren. Vielen Erwachsenen ist diese Ängstlichkeit verblieben und sie fürchten keine andere Organverletzung so sehr wie die des Auges. Ist man doch auch gewohnt zu sagen, daß man etwas behüten werde wie seinen Augapfel. Das Studium der Träume, der Phantasien und Mythen hat uns dann gelehrt, daß die Angst um die Augen, die Angst zu erblinden, häufig genug ein Ersatz für die Kastrationsangst ist. Auch die Selbstblendung des mytischen Verbrechers Ödipus ist nur eine Ermäßigung für die Strafe der Kastration, die ihm nach der Regel der Talion allein angemessen wäre. Man mag es versuchen, in rationalistischer Denkweise die Zurückführung der Augenangst auf die Kastrationsangst abzulehnen; man findet es begreiflich, daß ein so kostbares Organ wie das Auge von einer entsprechend großen Angst bewacht wird, ja man kann weitergehend behaupten, daß kein tieferes Geheimnis und keine andere Bedeutung sich hinter der Kastrationsangst verberge. Aber man wird damit doch nicht der Ersatzbeziehung gerecht, die sich in Traum, Phantasie und Mythus zwischen Auge und männlichem Glied kundgibt, und kann dem Eindruck nicht widersprechen, daß ein besonders starkes und dunkles Gefühl sich gerade gegen die Drohung, das Geschlechtsglied einzubüßen erhebt, und daß dieses Gefühl erst der Vorstellung vom Verlust anderer Organe den Nachhall verleiht.

En revanche, l'expérience psychanalytique nous met en mémoire que c'est une angoisse infantile effroyable que celle d'endommager ou de perdre ses yeux. Beaucoup d'adultes sont restés sujets à cette angoisse et ils ne redoutent aucune lésion organique autant que celle de l'œil. N'a-t-on pas d'ailleurs l'habitude de dire qu'on tient à quelque chose comme à la prunelle de ses yeux ? L'étude des rêves, des fantasmes et des mythes nous a ensuite appris que l'angoisse de perdre ses yeux, l'angoisse de devenir aveugle est bien souvent un substitut de l'angoisse de castration. Même l'auto-aveuglement du criminel mythique Œdipe n'est qu'une atténuation de la peine de castration qui eût été la seule adéquate selon la loi du talion. On peut bien essayer, suivant le mode de pensée rationaliste, de récuser la réduction de l'angoisse oculaire[a] à l'angoisse de castration ; on trouve compréhensible qu'un organe aussi précieux que l'œil soit surveillé par une angoisse d'une intensité proportionnelle ; on peut même aller jusqu'à affirmer que l'angoisse de castration elle-même ne recèle pas de secret plus profond ni d'autre signification. Néanmoins on ne rend pas compte de cette manière de la relation de substitution qui se manifeste, dans le rêve, le fantasme et le mythe, entre l'œil et le membre viril, et l'on ne pourra contester l'impression que justement la menace de perdre le membre sexuel suscite à son encontre un sentiment obscur particulièrement fort, et que c'est seulement ce sentiment qui confère sa résonance à la représentation de la perte d'autres organes.

Jeder weitere Zweifel schwindet dann, wenn man aus den Analysen an Neurotikern die Details des «Kastrationskomplexes» erfahren und dessen großartige Rolle in ihrem Seelenleben zur Kenntnis genommen hat.

Auch würde ich keinem Gegner der psychoanalytischen Auffassung raten, sich für die Behauptung, die Augenangst sei etwas vom Kastrationskomplex Unabhängiges, gerade auf die Hoffmannsche Erzählung vom «Sandmann» zu berufen. Denn warum ist die Augenangst hier mit dem Tode des Vaters in innigste Beziehung gebracht? Warum tritt der Sandmann jedesmal als Störer der Liebe auf? Er entzweit den unglücklichen Studenten mit seiner Braut und ihrem Bruder, der sein bester Freund ist, er vernichtet sein zweites Liebesobjekt, die schöne Puppe Olimpia, und zwingt ihn selbst zum Selbstmord, wie er unmittelbar vor der beglückenden Vereinigung mit seiner wiedergewonnenen Clara steht. Diese sowie viele andere Züge der Erzählung erscheinen willkürlich und bedeutungslos, wenn man die Beziehung der Augenangst zur Kastration ablehnt, und werden sinnreich, sowie man für den Sandmann den gefürchteten Vater einsetzt, von dem man die Kastration erwartet.

Wir würden es also wagen, das Unheimliche des Sandmannes auf die Angst des kindlichen Kastrationskomplexes zurückzuführen.

Tout autre doute éventuel se dissipe quand on a fait l'expérience, au cours d'analyses de névrosés, des détails du « complexe de castration », et qu'on a pris connaissance de l'importance de son rôle dans leur vie psychique.

D'ailleurs, je ne conseillerais pas à un adversaire de la conception psychanalytique d'alléguer précisément le récit hoffmannien de *L'Homme au sable* pour affirmer que l'angoisse oculaire est quelque chose d'indépendant du complexe de castration. Car pourquoi l'angoisse oculaire est-elle mise ici en relation si intime avec la mort du père ? Pourquoi l'Homme au sable survient-il chaque fois comme trouble-fête de l'amour ? Il brouille le malheureux étudiant avec sa fiancée et avec le frère de celle-ci, qui est son meilleur ami ; il détruit son deuxième objet d'amour, la belle poupée Olympia, et va jusqu'à le contraindre au suicide, alors qu'il est au seuil d'une union heureuse avec sa Clara reconquise. Ces traits du récit, de même que beaucoup d'autres, apparaissent arbitraires et privés de signification si l'on récuse la relation de l'angoisse oculaire à la castration, tandis qu'ils deviennent riches de sens, dès qu'on met à la place de l'Homme au sable le père redouté dont on attend la castration [1].

Nous nous risquerions donc à ramener l'inquiétante étrangeté de l'Homme au sable à l'angoisse du complexe de castration de l'enfance.

Sowie aber die Idee auftaucht, ein solches infantiles Moment für die Entstehung des unheimlichen Gefühls in Anspruch zu nehmen, werden
wir auch zum Versuch getrieben, dieselbe Ableitung für andere Beispiele des Unheimlichen in
Betracht zu ziehen. Im Sandmann findet sich
noch das Motiv der belebt scheinenden Puppe,
das Jentsch hervorgehoben hat. Nach diesem
Autor ist es eine besonders günstige Bedingung
für die Erzeugung unheimlicher Gefühle, wenn
eine intellektuelle Unsicherheit geweckt wird,
ob etwas belebt oder leblos sei, und wenn das
Leblose die Ähnlichkeit mit dem Lebenden zu
weit treibt. Natürlich sind wir aber gerade mit
den Puppen vom Kindlichen nicht weit entfernt.
Wir erinnern uns, daß das Kind im frühen Alter
des Spielens überhaupt nicht scharf zwischen
Belebtem und Leblosem unterscheidet und daß
es besonders gern seine Puppe wie ein lebendes
Wesen behandelt. Ja, man hört gelegentlich von
einer Patientin erzählen, sie habe noch im Alter
von acht Jahren die Überzeugung gehabt, wenn
sie ihre Puppen auf eine gewisse Art, möglichst
eindringlich, anschauen würde, müßten diese
lebendig werden. Das infantile Moment ist also
auch hier leicht nachzuweisen; aber merkwürdig,
im Falle des Sandmannes handelte es sich um die
Erweckung einer alten Kinderangst, bei der
lebenden Puppe ist von Angst keine Rede,

Mais dès lors que surgit l'idée d'avoir recours à un tel facteur infantile pour expliquer la genèse du sentiment d'inquiétante étrangeté, nous sommes également amené à tenter de faire jouer la même dérivation pour d'autres exemples d'inquiétante étrangeté. Dans *L'Homme au sable*, on trouve également le motif de la poupée qui paraît animée, mis en avant par Jentsch. Cet auteur voit une condition particulièrement propice à la production de sentiments d'inquiétante étrangeté dans le fait qu'est suscitée une incertitude intellectuelle quant à savoir si quelque chose est animé ou inanimé, et que l'inanimé pousse trop loin sa ressemblance avec le vivant. Mais on peut, bien sûr, justement dire qu'avec les poupées nous ne sommes pas loin de l'enfantin. Nous nous souvenons que, dès l'âge de ses premiers jeux, l'enfant ne fait généralement pas de distinction nette entre l'animé et l'inanimé, et qu'il éprouve une prédilection particulière à traiter sa poupée comme un être vivant. Il arrive même qu'on entende une patiente raconter qu'à l'âge de huit ans elle était encore persuadée qu'il eût suffi qu'elle regardât ses poupées d'une certaine manière, avec la plus grande insistance possible, pour que celles-ci devinssent vivantes. Sur ce point aussi, il est donc facile de mettre en évidence le facteur infantile ; mais chose curieuse, dans le cas de l'Homme au sable, il s'agissait du réveil d'une angoisse enfantine ancienne, alors que, pour la poupée vivante, il n'est pas question d'angoisse ;

das Kind hat sich vor dem Beleben seiner Puppen
nicht gefürchtet, vielleicht es sogar gewünscht.
Die Quelle des unheimlichen Gefühls wäre also
hier nicht eine Kinderangst, sondern ein Kin-
derwunsch oder auch nur ein Kinderglaube. Das
scheint ein Widerspruch; möglicherweise ist es
nur eine Mannigfaltigkeit, die späterhin unserem
Verständnis förderlich werden kann.

E. T. A. Hoffmann ist der unerreichte Meister
des Unheimlichen in der Dichtung. Sein Roman
« Die Elixire des Teufels » weist ein ganzes Bün-
del von Motiven auf, denen man die unheimliche
Wirkung der Geschichte zuschreiben möchte.
Der Inhalt des Romans ist zu reichhaltig und ver-
schlungen, als daß man einen Auszug daraus
wagen könnte. Zu Ende des Buches, wenn die
dem Leser bisher vorenthaltenen Voraussetzungen der Handlung nachgetragen werden, ist das
Ergebnis nicht die Aufklärung des Lesers, sondern
eine volle Verwirrung desselben. Der Dichter hat
zu viel Gleichartiges gehäuft; der Eindruck des
Ganzen leidet nicht darunter, wohl aber das Verständnis. Man muß sich damit begnügen, die
hervorstechendsten unter jenen unheimlich wir-
kenden Motiven herauszuheben, um zu untersuchen, ob auch für sie eine Ableitung aus
infantilen Quellen zulässig ist.

l'enfant n'a pas eu peur de l'animation de ses poupées, il l'a peut-être même souhaitée. La source du sentiment d'inquiétante étrangeté ne serait donc pas ici une angoisse enfantine, mais un désir ou même simplement une croyance enfantine. Cela paraît contradictoire ; il est possible que ce ne soit là qu'une diversité d'aspects qui pourra par la suite favoriser notre compréhension.

E. T. A. Hoffmann est un maître inégalé de l'étrangement inquiétant dans la création littéraire[a]. Son roman *Les élixirs du Diable* déploie toute une panoplie de motifs auxquels on est tenté d'attribuer l'effet d'inquiétante étrangeté que provoque l'histoire. Le contenu du roman est trop riche et emmêlé pour qu'on prenne le risque d'en citer un extrait. À la fin du livre, quand le lecteur est informé après coup des présupposés de l'action qui lui avaient été dissimulés jusque-là, cela n'a pas pour résultat d'éclairer le lecteur, mais au contraire de le plonger dans une confusion totale. L'auteur a accumulé trop d'éléments du même genre ; l'impression d'ensemble n'en pâtit pas, mais bien la compréhension. Il faudra se contenter de dégager, parmi ces motifs producteurs d'inquiétante étrangeté, les plus saillants, afin d'examiner si, pour eux aussi, une dérivation à partir de sources infantiles est permise.

Es sind dies das Doppelgängertum in all seinen
Abstufungen und Ausbildungen, also das Auftreten von Personen, die wegen ihrer gleichen
Erscheinung für identisch gehalten werden müssen, die Steigerung dieses Verhältnisses durch
Überspringen seelischer Vorgänge von einer dieser Personen auf die andere — was wir Telepathie
heißen würden, — so daß der eine das Wissen,
Fühlen und Erleben des anderen mitbesitzt, die
Identifizierung mit einer anderen Person, so daß
man an seinem Ich irre wird oder das fremde Ich
an die Stelle des eigenen versetzt, also Ich-Ver-
dopplung, Ich-Teilung, Ich-Vertauschung — und
endlich die beständige Wiederkehr des Gleichen,
die Wiederholung der nämlichen Gesichtszüge,
Charaktere, Schicksale, verbrecherischen Taten,
ja der Namen durch mehrere aufeinanderfol-
gende Generationen.

Das Motiv des Doppelgängers hat in einer
gleichnamigen Arbeit von O. Rank eine einge-
hende Würdigung gefunden. Dort werden die
Beziehungen des Doppelgängers zum Spiegel-
und Schattenbild, zum Schutzgeist, zur Seelen-
lehre und zur Todesfurcht untersucht, es fällt
aber auch helles Licht auf die überraschende
Entwicklungsgeschichte des Motivs. Denn der
Doppelgänger war ursprünglich eine Versicherung gegen den Untergang des Ichs, eine «ener-
gische Dementierung der Macht des Todes»
(O. Rank) und wahrscheinlich war die «unster-
bliche» Seele der erste Doppelgänger des Leibes.

Il s'agit du motif du double dans toutes ses gradations et spécifications, c'est-à-dire de la mise en scène de personnages qui, du fait de leur apparence semblable, sont forcément tenus pour identiques, de l'intensification de ce rapport par la transmission immédiate de processus psychiques de l'un de ces personnages à l'autre — ce que nous nommerions télépathie —, de sorte que l'un participe au savoir, aux sentiments et aux expériences de l'autre, de l'identification à une autre personne, de sorte qu'on ne sait plus à quoi s'en tenir quant au moi propre, ou qu'on met le moi étranger à la place du moi propre — donc dédoublement du moi, division du moi, permutation du moi —, et enfin du retour permanent du même[a], de la répétition des mêmes traits de visage, caractères, destins, actes criminels, voire des noms à travers plusieurs générations successives.

Le motif du double a fait l'objet d'une étude approfondie dans un ouvrage d'O. Rank qui porte le même nom[1]. Y sont examinées les relations du double à l'image en miroir et à l'ombre portée, à l'esprit tutélaire, à la doctrine de l'âme et à la crainte de la mort ; mais du même coup est aussi mise en lumière la surprenante histoire de l'évolution du motif. Car le double était à l'origine une assurance contre la disparition du moi, un « démenti énergique de la puissance de la mort » (O. Rank), et il est probable que l'âme « immortelle » a été le premier double du corps.

Die Schöpfung einer solchen Verdopplung zur
Abwehr gegen die Vernichtung hat ihr Gegen-
stück in einer Darstellung der Traumsprache,
welche die Kastration durch Verdopplung oder
Vervielfältigung des Genitalsymbols auszudrük-
ken liebt; sie wird in der Kultur der alten Ägypter ein Antrieb für die Kunst, das Bild des
Verstorbenen in dauerhaftem Stoff zu formen.
Aber diese Vorstellungen sind auf dem Boden
der uneingeschränkten Selbstliebe entstanden,
des primären Narzißmus, welcher das Seelenleben des Kindes wie des Primitiven beherrscht,
und mit der Überwindung dieser Phase ändert
sich das Vorzeichen des Doppelgängers, aus einer
Versicherung des Fortlebens wird er zum unheimlichen Vorboten des Todes.

Die Vorstellung des Doppelgängers braucht
nicht mit diesem uranfänglichen Narzißmus
unterzugehen; denn sie kann aus den späteren
Entwicklungsstufen des Ichs neuen Inhalt gewinnen. Im Ich bildet sich langsam eine besondere
Instanz heraus, welche sich dem übrigen Ich
entgegenstellen kann, die der Selbstbeobachtung
und Selbstkritik dient, die Arbeit der psychischen
Zensur leistet und unserem Bewußtsein als
«Gewissen» bekannt wird. Im pathologischen
Falle des Beachtungswahnes wird sie isoliert,
vom Ich abgespalten, dem Arzte bemerkbar.

La création d'un tel dédoublement pour se garder de l'anéantissement a son pendant dans une mise en scène de la langue du rêve qui aime à exprimer la castration par redoublement ou multiplication du symbole génital[a]; dans la culture des anciens Égyptiens, elle motive l'art de modeler l'image du défunt dans une matière durable. Mais ces représentations ont poussé sur le terrain de l'amour illimité de soi, celui du narcissisme primaire, lequel domine la vie psychique de l'enfant comme du primitif; et avec le dépassement de cette phase, le signe dont est affecté le double se modifie; d'assurance de survie qu'il était, il devient l'inquiétant avant-coureur de la mort.

La représentation du double ne disparaît pas nécessairement avec ce narcissisme primordial, car elle peut recevoir des stades d'évolution ultérieurs du moi un nouveau contenu. Dans le moi se spécifie peu à peu une instance particulière qui peut s'opposer au reste du moi, qui sert à l'observation de soi et à l'autocritique, qui accomplit le travail de la censure psychique et se fait connaître à notre conscience psychologique comme «conscience morale». Dans le cas pathologique du délire de surveillance, elle est isolée, dissociée du moi par clivage, observable par le médecin.

Die Tatsache, daß eine solche Instanz vorhanden
ist, welche das übrige Ich wie ein Objekt behandeln kann, also daß der Mensch der Selbstbeobachtung fähig ist, macht es möglich, die alte
Doppelgängervorstellung mit neuem Inhalt zu
erfüllen und ihr mancherlei zuzuweisen, vor
allem all das, was der Selbstkritik als zugehörig
zum alten überwundenen Narzißmus der Urzeit
erscheint.

Aber nicht nur dieser der Ich-Kritik anstößige
Inhalt kann dem Doppelgänger einverleibt werden, sondern ebenso alle unterbliebenen Möglichkeiten der Geschicksgestaltung, an denen die
Phantasie noch festhalten will, und alle Ich-Stre-
bungen, die sich infolge äußerer Ungunst nicht
durchsetzen konnten, sowie alle die unterdrück-
ten Willensentscheidungen, die die Illusion des
freien Willens ergeben haben.

Nachdem wir aber so die manifeste Motivierung der Doppelgängergestalt betrachtet haben,
müssen wir uns sagen : Nichts von alledem macht
uns den außerordentlich hohen Grad von Unheimlichkeit, der ihr anhaftet, verständlich, und
aus unserer Kenntnis der pathologischen Seelen-
vorgänge dürfen wir hinzusetzen, nichts von diesem Inhalt könnte das Abwehrbestreben erklären,
das ihn als etwas Fremdes aus dem Ich hinaus-
projiziert. Der Charakter des Unheimlichen kann
doch nur daher rühren, daß der Doppelgänger eine den überwundenen seelischen Urzeiten
angehörige Bildung ist, die damals allerdings
einen freundlicheren Sinn hatte.

Le fait qu'il existe une telle instance, capable de traiter le reste du moi à l'instar d'un objet, donc que l'homme a la faculté de s'observer lui-même, rend possible de doter l'ancienne représentation du double d'un *nouveau* contenu et de lui attribuer bien des choses, principalement tout ce qui apparaît à l'autocritique comme faisant partie de l'ancien narcissisme surmonté des origines[1].

Mais on peut faire endosser au double non seulement ce contenu qui heurte la critique du moi ; on peut lui attribuer aussi toutes les possibilités avortées de forger notre destin auxquelles le fantasme veut s'accrocher encore, et toutes les aspirations du moi qui n'ont pu aboutir par suite de circonstances défavorables, de même que toutes les décisions réprimées de la volonté, qui ont suscité l'illusion du libre arbitre[2].

Cependant, après avoir ainsi considéré la motivation manifeste de la figure du double, nous sommes obligé de nous dire que rien de tout cela ne nous rend intelligible le degré extraordinairement élevé d'inquiétante étrangeté qui s'y rattache, et notre connaissance des processus psychiques pathologiques nous autorise à ajouter que rien dans ce contenu ne saurait expliquer l'effort défensif qui le projette en dehors du moi comme quelque chose d'étranger. Le caractère d'inquiétante étrangeté ne peut en effet venir que du fait que le double est une formation qui appartient aux temps originaires dépassés de la vie psychique, et qui du reste revêtait alors un sens plus aimable.

Der Doppelgänger ist zum Schreckbild geworden, wie die Götter nach dem Sturz ihrer Religion zu Dämonen werden (Heine, «Die Götter
im Exil»).

Die anderen bei Hoffmann verwendeten Ich-
Störungen sind nach dem Muster des Dop-
pelgängermotivs leicht zu beurteilen. Es handelt
sich bei ihnen um eine Rückgreifen auf einzelne
Phasen in der Entwicklungsgeschichte des Ich-
Gefühls, um eine Regression in Zeiten, da das
Ich sich noch nicht scharf von der Außenwelt
und vom Anderem abgegrenzt hatte. Ich glaube,
daß diese Motive den Eindruck des Unheimlichen mitverschulden, wenngleich es nicht leicht
ist, ihren Anteil an diesem Eindruck isoliert her-
auszugreifen.

Das Moment der Wiederholung des Gleichartigen wird als Quelle des unheimlichen Gefühls
vielleicht nicht bei jedermann Anerkennung finden. Nach meinen Beobachtungen ruft es unter
gewissen Bedingungen und in Kombination mit
bestimmten Umständen unzweifelhaft ein solches
Gefühl hervor, das überdies an die Hilflosigkeit
mancher Traumzustände mahnt. Als ich einst an
einem heißen Sommernachmittag die mir unbekannten, menschenleeren Straßen einer italienischen Kleinstadt durchstreifte, geriet ich in eine
Gegend, über deren Charakter ich nicht lange
in Zweifel bleiben konnte. Es waren nur ge-
schminkte Frauen an den Fenstern der kleinen
Häuser zu sehen, und ich beeilte mich, die enge
Straße durch die nächste Einbiegung zu verlassen.

Le double est devenu une image d'épouvante de la même façon que les dieux deviennent des démons après que leur religion s'est écroulée (Heine, « Les dieux en exil »).

Les autres perturbations du moi utilisées chez Hoffmann sont faciles à apprécier selon le modèle du motif du double. Il s'agit dans chaque cas d'une reprise de phases isolées de l'histoire de l'évolution du sentiment du moi, d'une régression à des époques où le moi ne s'était pas encore nettement délimité par rapport au monde extérieur et à autrui. Je crois que ces motifs sont également responsables de l'impression d'inquiétante étrangeté, même s'il n'est pas facile de dégager et d'isoler la part qu'ils y prennent.

Le facteur de répétition du même ne sera peut-être pas reconnu par tout un chacun comme source du sentiment d'inquiétante étrangeté. D'après mes observations, il est indubitable qu'à certaines conditions, et combiné avec des circonstances précises, il provoque un tel sentiment, qui rappelle en outre la détresse de bien des états de rêve. Un jour que je flânais, par un chaud après-midi d'été, dans les rues inconnues et désertes d'une petite ville italienne, je tombai par hasard dans un secteur sur le caractère duquel je ne pus longtemps rester dans le doute. Aux fenêtres des petites maisons, on ne pouvait voir que des femmes fardées, et je me hâtai de quitter la ruelle au premier croisement.

Aber nachdem ich eine Weile führerlos herumge-
wandert war, fand ich mich plötzlich in derselben
Straße wieder, in der ich nun Aufsehen zu erregen begann, und meine eilige Entfernung hatte
nur die Folge, daß ich auf einem neuen Umwege
zum drittenmal dahingeriet. Dann aber erfaßte
mich ein Gefühl, das ich nur als unheimlich
bezeichnen kann, und ich war froh, als ich unter
Verzicht auf weitere Entdeckungsreisen auf die
kürzlich von mir verlassene Piazza zurückfand.
Andere Situationen, die die unbeabsichtigte
Wiederkehr mit der eben beschriebenen gemein
haben und sich in den anderen Punkten gründlich von ihr unterscheiden, haben doch dasselbe
Gefühl von Hilflosigkeit und Unheimlichkeit zur
Folge. Zum Beispiel, wenn man sich im Hoch-
wald, etwa vom Nebel überrascht, verirrt hat
und nun trotz aller Bemühungen, einen markier-
ten oder bekannten Weg zu finden, wiederholt
zu der einen, durch eine bestimmte Formation
gekennzeichneten Stelle zurückkommt. Oder
wenn man im unbekannten, dunkeln Zimmer
wandert, um die Tür oder den Lichtschalter aufzusuchen und dabei zum xtenmal mit demselben
Möbelstück zusammenstößt, eine Situation, die
Mark Twain allerdings durch groteske Übertrei-
bung in eine unwiderstehlich komische umge-
wandelt hat.

Mais après avoir erré pendant un moment sans guide, je me retrouvai soudain dans la même rue où je commençai à susciter quelque curiosité, et mon éloignement hâtif eut pour seul effet de m'y reconduire une troisième fois par un nouveau détour. Mais je fus saisi alors d'un sentiment que je ne peux que qualifier de *unheimlich*, et je fus heureux lorsque, renonçant à poursuivre mes explorations, je retrouvai le chemin de la *piazza* que j'avais quittée peu de temps auparavant. D'autres situations, qui ont en commun avec celle que je viens de décrire un retour non intentionnel et qui s'en distinguent radicalement sur d'autres points, entraînent pourtant le même sentiment de détresse et d'inquiétante étrangeté. Par exemple, lorsqu'on s'est égaré dans une forêt, à la montagne, surpris peut-être par le brouillard, et qu'en dépit de tous les efforts pour trouver un chemin balisé ou connu on se retrouve à plusieurs reprises au même endroit que caractérise un relief déterminé. Ou bien lorsqu'on erre dans une pièce inconnue et obscure à la recherche de la porte ou de l'interrupteur, et que, ce faisant, on entre en collision pour la énième fois avec le même meuble, situation que Mark Twain, il est vrai au prix d'une outrance grotesque, a transformée en une scène d'un comique irrésistible[a].

An einer anderen Reihe von Erfahrungen erkennen wir auch mühelos, daß es nur das Moment der unbeabsichtigten Wiederholung ist, welches das sonst Harmlose unheimlich macht und uns die Idee des Verhängnisvollen, Unentrinnbaren aufdrängt, wo wir sonst nur von «Zufall» gesprochen hätten. So ist es z. B. gewiß ein gleichgültiges Erlebnis, wenn man für seine in einer Garderobe abgegebenen Kleider einen Schein mit einer gewissen Zahl — sagen wir : 62 — erhält oder wenn man findet, daß die zugewiesene Schiffskabine diese Nummer trägt. Aber dieser Eindruck ändert sich, wenn beide an sich indifferenten Begebenheiten nahe aneinanderrücken, so daß einem die Zahl 62 mehrmals an demselben Tage entgegentritt, und wenn man dann etwa gar die Beobachtung machen sollte, daß alles, was eine Zahlenbezeichnung trägt, Adressen, Hotelzimmer, Eisenbahnwagen u. dgl. immer wieder die nämliche Zahl, wenigstens als Bestandteil, wiederbringt. Man findet das «unheimlich», und wer nicht stich- und hiebfest gegen die Versuchungen des Aberglaubens ist, wird sich geneigt finden, dieser hartnäckigen Wiederkehr der einen Zahl eine geheime Bedeutung zuzuschreiben, etwa einen Hinweis auf das ihm bestimmte Lebensalter darin zu sehen.

Une autre série d'expériences nous fait également reconnaître sans peine que c'est seulement le facteur de répétition non intentionnelle qui rend étrangement inquiétant quelque chose qui serait sans cela anodin, et nous impose l'idée d'une fatalité inéluctable là où nous n'aurions parlé sans cela que de « hasard ». Ainsi, c'est sans doute une expérience indifférente que de recevoir par exemple en échange de ses habits, qu'on a déposés dans un vestiaire, un ticket marqué d'un certain numéro — disons : 62 —, ou de trouver que la cabine qui nous a été attribuée sur un bateau porte le même numéro. Mais cette impression se modifie si ces deux événements en eux-mêmes indifférents se trouvent rapprochés, de sorte qu'on se trouve confronté plusieurs fois dans la même journée au nombre 62, et si de plus l'on venait ensuite à faire l'observation que tout ce qui est porteur d'un numéro (adresses, chambres d'hôtel, wagons de chemin de fer, etc.) renferme à chaque fois le même nombre, ne serait-ce qu'à titre d'élément partiel. On trouvera cela *unheimlich*, et quiconque n'est pas cuirassé contre les tentations de la superstition sera porté à attribuer à ce retour obstiné du même nombre une signification secrète, à y voir par exemple l'indication du temps de vie qui lui est imparti[a].

Oder wenn man eben mit dem Studium der Schriften des großen Physiologen H. Hering beschäftigt ist, und nun wenige Tage auseinander Briefe von zwei Personen dieses Namens aus verschiedenen Ländern empfängt, während man bis dahin niemals mit Leuten, die so heißen, in Beziehung getreten war. Ein geistvoller Naturforscher hat vor kurzem den Versuch unternommen, Vorkommnisse solcher Art gewissen Gesetzen unterzuordnen, wodurch der Eindruck des Unheimlichen aufgehoben werden müßte. Ich getraue mich nicht zu entscheiden, ob es ihm gelungen ist.

Wie das Unheimliche der gleichartigen Wiederkehr aus dem infantilen Seelenleben abzuleiten ist, kann ich hier nur andeuten und muß dafür auf eine bereitliegende ausführliche Darstellung in anderem Zusammenhange verweisen. Im seelisch Unbewußten läßt sich nämlich die Herrschaft eines von den Triebregungen ausgehenden *Wiederholungszwanges* erkennen, der wahrscheinlich von der innersten Natur der Triebe selbst abhängt, stark genug ist, sich über das Lustprinzip hinauszusetzen, gewissen Seiten des Seelenlebens den dämonischen Charakter verleiht, sich in den Strebungen des kleinen Kindes noch sehr deutlich äußert und ein Stück vom Ablauf der Psychoanalyse des Neurotikers beherrscht. Wir sind durch alle vorstehenden Erörterungen darauf vorbereitet, daß dasjenige als unheimlich verspürt werden wird, was an diesen inneren Wiederholungszwang mahnen kann.

Ou bien si, étant justement en train d'étudier les écrits du grand physiologiste H. Hering, on reçoit à peu de jours d'intervalle des lettres de deux personnes portant ce nom et habitant dans des pays différents, alors que jusque-là on n'était jamais entré en relation avec des gens s'appelant ainsi. Un chercheur naturaliste plein d'esprit a récemment tenté de soumettre des événements de ce genre à des lois précises, ce qui devrait avoir pour effet de lever l'impression d'inquiétante étrangeté. Je ne me hasarderai pas à décider s'il a réussi[1].

Quant à savoir comment on peut faire dériver de la vie psychique infantile ce qu'a d'étrangement inquiétant le retour du similaire, je ne peux que l'évoquer brièvement ici, et je dois renvoyer pour cela à une autre œuvre, déjà achevée, où cette question est traitée en détail, mais dans un autre contexte[a]. Dans l'inconscient psychique, en effet, on parvient à discerner la domination d'une *compulsion de répétition* émanant des motions pulsionnelles, qui dépend sans doute de la nature la plus intime des pulsions elles-mêmes, qui est assez forte pour se placer au-delà du principe de plaisir, qui confère à certains aspects de la vie psychique un caractère démonique, qui se manifeste encore très nettement dans les tendances du petit enfant et domine une partie du déroulement de la psychanalyse du névrosé. Toutes les analyses précédentes nous préparent à reconnaître que sera ressenti comme étrangement inquiétant ce qui peut rappeler cette compulsion intérieure de répétition.

Nun, denke ich aber, ist es Zeit, uns von diesen immerhin schwierig zu beurteilenden Verhältnissen abzuwenden und unzweifelhafte Fälle des Unheimlichen aufzusuchen, von deren Analyse wir die endgültige Entscheidung über die Geltung unserer Annahme erwarten dürfen.

Im «Ring des Polykrates» wendet sich der Gast mit Grausen, weil er merkt, daß jeder Wunsch des Freundes sofort in Erfüllung geht, jede seiner Sorgen vom Schicksal unverzüglich aufgehoben wird. Der Gastfreund ist ihm «unheimlich» geworden. Die Auskunft, die er selbst gibt, daß der allzu Glückliche den Neid der Götter zu fürchten habe, erscheint uns noch undurchsichtig, ihr Sinn ist mythologisch verschleiert. Greifen wir darum ein anderes Beispiel aus weit schlichteren Verhältnissen heraus: In der Krankengeschichte eines Zwangsneurotikers habe ich erzählt, daß dieser Kranke einst einen Aufenthalt in einer Wasserheilanstalt genommen hatte, aus dem er sich eine große Besserung holte. Er war aber so klug, diesen Erfolg nicht der Heilkraft des Wassers, sondern der Lage seines Zimmers zuzuschreiben, welches der Kammer einer liebenswürdigen Pflegerin unmittelbar benachbart war. Als er dann zum zweitenmal in diese Anstalt kam, verlangte er dasselbe Zimmer wieder, mußte aber hören, daß es bereits von einem alten Herrn besetzt sei, und gab seinem Unmut darüber in den Worten Ausdruck: Dafür soll ihn aber der Schlag treffen.

Mais je pense qu'à présent il est temps de nous détourner de ces configurations, sur lesquelles il est de toute façon difficile de porter un jugement, et de nous mettre en quête de cas indubitables d'inquiétante étrangeté, dont il nous est permis d'attendre que leur analyse tranchera définitivement quant à la validité de notre hypothèse.

Dans «L'anneau de Polycrate»[a], l'invité se détourne avec horreur, parce qu'il s'aperçoit que chaque souhait de son ami s'accomplit aussitôt, que chacun de ses soucis est effacé sans délai par le destin. Son hôte est devenu pour lui *unheimlich.* L'explication qu'il donne lui-même, à savoir que celui qui est trop heureux doit craindre l'envie des dieux, nous paraît encore opaque, son sens est mythologiquement voilé. C'est pourquoi nous prendrons un autre exemple, emprunté à une situation bien plus simple : dans l'histoire de la maladie d'un névrosé obsessionnel[1], j'ai raconté que ce malade avait fait une fois un séjour dans un établissement d'hydrothérapie dont il avait retiré une grande amélioration de son état. Mais il avait été assez avisé pour attribuer ce succès non pas au pouvoir thérapeutique de l'eau, mais à la situation de sa chambre qui se trouvait à proximité immédiate de celle d'une charmante infirmière. Lorsqu'il revint pour la deuxième fois dans cet établissement, il réclama de nouveau la même chambre, mais il dut apprendre qu'elle était déjà occupée par un vieux monsieur, et il donna libre cours à sa mauvaise humeur en ces termes : «Puisse-t-il être frappé par une attaque ! »

Vierzehn Tage später erlitt der alte Herr wirklich
einen Schlaganfall. Für meinen Patienten war
dies ein «unheimliches» Erlebnis. Der Eindruck
des Unheimlichen wäre noch stärker gewesen,
wenn eine viel kürzere Zeit zwischen jener Äußerung und dem Unfall gelegen wäre, oder wenn der
Patient über zahlreiche ganz ähnliche Erlebnisse
hätte berichten können. In der Tat war er um
solche Bestätigungen nicht verlegen, aber nicht
er allein, alle Zwangsneurotiker, die ich studiert
habe, wußten Analoges von sich zu erzählen. Sie
waren gar nicht überrascht, regelmäßig der Person zu begegnen, an die sie eben — vielleicht
nach langer Pause — gedacht hatten; sie pflegten
regelmäßig am Morgen einen Brief von einem
Freund zu bekommen, wenn sie am Abend vorher
geäußert hatten: Von dem hat man aber jetzt
lange nichts gehört, und besonders Unglücks-
oder Todesfälle ereigneten sich nur selten, ohne
eine Weile vorher durch ihre Gedanken gehuscht
zu sein. Sie pflegten diesem Sachverhalt in der
bescheidensten Weise Ausdruck zu geben, indem
sie behaupteten, «Ahnungen» zu haben, die «meis-
tens» eintreffen.

Eine der unheimlichsten und verbreitetsten
Formen des Aberglaubens ist die Angst vor dem
«bösen Blick», welcher bei dem Hamburger
Augenarzt S. Seligmann eine gründliche Behandlung gefunden hat.

Et effectivement, quinze jours plus tard, le vieux monsieur fut victime d'une attaque. Pour mon patient, cela fut une expérience «étrangement inquiétante». L'impression d'inquiétante étrangeté aurait été encore plus forte si le laps de temps écoulé entre cette exclamation et l'accident avait été beaucoup plus court, ou si le patient avait pu faire état d'un grand nombre d'expériences tout à fait similaires. Et, de fait, il n'était pas à court de confirmations de ce genre, mais non pas lui seul : tous les névrosés obsessionnels que j'ai étudiés étaient à même de rapporter à leur sujet des choses analogues. Ils n'étaient pas du tout surpris de rencontrer régulièrement la personne à laquelle ils étaient justement en train de penser — il y avait peut-être un bon moment; ils avaient l'habitude de recevoir régulièrement le matin une lettre d'un ami, quand ils avaient dit la veille au soir : «Tiens, voilà longtemps qu'on n'a pas eu de nouvelles de celui-là», et surtout les malheurs et les décès se produisaient rarement sans avoir un instant auparavant effleuré leurs pensées. Ils avaient coutume d'exprimer cet état de fait de la manière la plus modeste, en affirmant qu'ils avaient des «pressentiments» qui se réalisaient «la plupart du temps».

L'une des formes de superstition les plus étrangement inquiétantes et les plus répandues est l'angoisse du «mauvais œil», qui a fait l'objet d'une étude approfondie de la part de l'ophtalmologiste hambourgeois S. Seligmann[1].

Die Quelle, aus welcher diese Angst schöpft, scheint niemals verkannt worden zu sein. Wer etwas Kostbares und doch Hinfälliges besitzt, fürchtet sich vor dem Neid der anderen, indem er jenen Neid auf sie projiziert, den er im umgekehrten Falle empfunden hätte. Solche Regungen verrät man durch den Blick, auch wenn man ihnen den Ausdruck in Worten versagt, und wenn jemand durch auffällige Kennzeichen, besonders unerwünschter Art, vor den anderen hervorsticht, traut man ihm zu, daß sein Neid eine besondere Stärke erreichen und dann auch diese Stärke in Wirkung umsetzen wird. Man fürchtet also eine geheime Absicht zu schaden, und auf gewisse Anzeichen hin nimmt man an, daß dieser Absicht auch die Kraft zu Gebote steht.

Die letzterwähnten Beispiele des Unheimlichen hängen von dem Prinzip ab, das ich, der Anregung eines Patienten folgend, die «Allmacht der Gedanken» benannt habe. Wir können nun nicht mehr verkennen, auf welchem Boden wir uns befinden. Die Analyse der Fälle des Unheimlichen hat uns zur alten Weltauffassung des *Animismus* zurückgeführt, die ausgezeichnet war durch die Erfüllung der Welt mit Menschengeistern, durch die narzißtische Überschätzung der eigenen seelischen Vorgänge, die Allmacht der Gedanken und die darauf aufgebaute Technik der Magie,

La source à laquelle puise cette angoisse semble n'avoir jamais été méconnue. Quiconque possède quelque chose d'à la fois précieux et fragile redoute l'envie des autres en projetant sur eux l'envie qu'il aurait éprouvée dans le cas inverse. De telles motions se trahissent par le regard, même quand on leur refuse l'expression verbale, et quand quelqu'un se distingue des autres par des caractéristiques frappantes, en particulier de nature antipathique, on présume de lui que son envie prendra une force particulière et traduira également cette force par des effets. On redoute donc une intention secrète de nuire et, sur la foi de certains indices, on suppose que cette intention dispose également d'un pouvoir.

Les derniers exemples d'inquiétante étrangeté mentionnés dépendent du principe qu'à l'instigation d'un patient[a] j'ai nommé la « toute-puissance des pensées ». Nous ne pouvons plus désormais méconnaître le terrain sur lequel nous nous trouvons. L'analyse des cas d'inquiétante étrangeté nous a ramené à l'antique conception du monde de l'*animisme*, qui était caractérisée par la tendance à peupler le monde d'esprits anthropomorphes, par la surestimation narcissique des processus psychiques propres, la toute-puissance des pensées et la technique de la magie édifiée sur elle,

die Zuteilung von sorgfältig abgestuften Zauber-
kräften an fremde Personen und Dinge (Mana),
sowie durch alle die Schöpfungen, mit denen sich
der uneingeschränkte Narzißmus jener Entwick-
lungsperiode gegen den unverkennbaren Ein-
spruch der Realität zur Wehr setzte. Es scheint,
daß wir alle in unserer individuellen Entwicklung
eine diesem Animismus der Primitiven entspre-
chende Phase durchgemacht haben, daß sie bei
keinem von uns abgelaufen ist, ohne noch äuße-
rungsfähige Reste und Spuren zu hinterlassen,
und daß alles, was uns heute als «unheimlich»
erscheint, die Bedingung erfüllt, daß es an diese
Reste animistischer Seelentätigkeit rührt und sie
zur Äußerung anregt.

Hier ist nun der Platz für zwei Bemerkungen,
in denen ich den wesentlichen Inhalt dieser kleinen Untersuchung niederlegen möchte. Erstens,
wenn die psychoanalytische Theorie in der Behauptung recht hat, daß jeder Affekt einer Gefühl-
sregung, gleichgültig von welcher Art, durch die
Verdrängung in Angst verwandelt wird, so muß
es unter den Fällen des Ängstlichen eine Gruppe
geben, in der sich zeigen läßt, daß dies Ängstliche
etwas wiederkehrendes Verdrängtes ist. Diese
Art des Ängstlichen wäre eben das Unheimliche und dabei muß es gleichgültig sein, ob es
ursprünglich selbst ängstlich war oder von einem
anderen Affekt getragen.

l'attribution de vertus magiques soigneusement hiérarchisées à des personnes et à des choses étrangères (*mana*), ainsi que par toutes les créations grâce auxquelles le narcissisme illimité de cette période de l'évolution se mettait à l'abri de la contestation irrécusable que lui opposait la réalité. Il semble qu'au cours de notre évolution individuelle, nous ayons tous traversé une phase correspondant à cet animisme des primitifs, qu'elle ne se soit déroulée chez aucun d'entre nous sans laisser des restes et des traces encore à même de s'exprimer, et que tout ce qui nous paraît aujourd'hui « étrangement inquiétant » réponde à une condition, qui est de toucher à ces restes d'activité psychique animiste et de les inciter à s'exprimer[1].

C'est ici le lieu d'avancer deux remarques dans lesquelles je voudrais déposer l'essentiel du contenu de cette petite investigation. Première-ment, si la théorie psychanalytique a raison quand elle affirme que tout affect qui s'attache à un mouvement émotionnel, de quelque nature qu'il soit, est transformé par le refoulement en angoisse, alors, il faut que se détache parmi les cas de l'angoissant un groupe dont on puisse démontrer que cet angoissant-là est quelque chose de refoulé qui fait retour. Cette espèce de l'angoissant serait justement l'étrangement inquiétant et, dans ce cas, il doit être indifférent qu'il ait été lui-même angoissant à l'origine ou qu'il ait été porté par un autre affect.

Zweitens, wenn dies wirklich die geheime Natur des Unheimlichen ist, so verstehen wir, daß der Sprachgebrauch das Heimliche in seinen Gegensatz, das Unheimliche übergehen läßt, den dies Unheimliche ist wirklich nichts Neues oder Fremdes, sondern etwas dem Seelenleben von alters her Vertrautes, das ihm nur durch den Prozeß der Verdrängung entfremdet worden ist. Die Beziehung auf die Verdrängung erhellt uns jetzt auch die Schellingsche Definition, das Unheimliche sei etwas, was im Verborgenen hätte bleiben sollen und hervorgetreten ist.

Es erübrigt uns nur noch, die Einsicht, die wir gewonnen haben, an der Erklärung einiger anderer Fälle des Unheimlichen zu erproben.

Im allerhöchsten Grade unheimlich erscheint vielen Menschen, was mit dem Tod, mit Leichen und mit der Wiederkehr der Toten, mit Geistern und Gespenstern, zusammenhängt. Wir haben ja gehört, daß manche moderne Sprachen unseren Ausdruck : ein unheimliches Haus gar nicht anders wiedergeben können als durch die Umschreibung : ein Haus, in dem es spukt. Wir hätten eigentlich unsere Untersuchung mit diesem, vielleicht stärksten Beispiel von Unheimlichkeit beginnen können, aber wir taten es nicht, weil hier das Unheimliche zu sehr mit dem Grauenhaften vermengt und zum Teil von ihm gedeckt ist.

Deuxièmement, si là est réellement la nature secrète de l'étrangement inquiétant, nous comprenons que l'usage linguistique fasse passer le *Heimlich* en son contraire, le *Unheimlich*, puisque ce *Unheimlich* n'est en réalité rien de nouveau ou d'étranger, mais quelque chose qui est pour la vie psychique familier de tout temps, et qui ne lui est devenu étranger que par le processus du refoulement. La mise en relation avec le refoulement éclaire aussi maintenant pour nous la définition de Schelling selon laquelle l'étrangement inquiétant serait quelque chose qui aurait dû rester dans l'ombre et qui en est sorti.

Il ne nous reste plus qu'à mettre notre découverte à l'épreuve de l'explication de quelques autres cas d'inquiétante étrangeté.

Ce qui paraît au plus haut point étrangement inquiétant à beaucoup de personnes est ce qui se rattache à la mort, aux cadavres et au retour des morts, aux esprits et aux fantômes. Nous avons d'ailleurs vu que nombre de langues modernes ne peuvent pas du tout rendre notre expression : une maison *unheimlich* autrement que par la formule : une maison hantée[a]. Nous aurions pu à vrai dire commencer notre investigation par cet exemple, peut-être le plus frappant de tous, mais nous ne l'avons pas fait parce que ici l'étrangement inquiétant est trop mêlé à l'effroyable et est en partie recouvert par lui.

Aber auf kaum einem anderen Gebiete hat sich
unser Denken und Fühlen seit den Urzeiten so
wenig verändert, ist das Alte unter dünner Decke
so gut erhalten geblieben, wie in unserer Beziehung zum Tode. Zwei Momente geben für diesen Stillstand gute Auskunft : Die Stärke unserer
ursprünglichen Gefühlsreaktionen und die Unsicherheit unserer wissenschaftlichen Erkenntnis.
Unsere Biologie hat es noch nicht entscheiden
können, ob der Tod das notwendige Schicksal
jedes Lebewesens oder nur ein regelmäßiger,
vielleicht aber vermeidlicher Zufall innerhalb des
Lebens ist. Der Satz : alle Menschen müssen
sterben, paradiert zwar in den Lehrbüchern der
Logik als Vorbild einer allgemeinen Behauptung,
aber keinem Menschen leuchtet er ein, und unser
Unbewußtes hat jetzt so wenig Raum wie vor-
mals für die Vorstellung der eigenen Sterblich-
keit. Die Religionen bestreiten noch immer der
unableugbaren Tatsache des individuellen Todes
ihre Bedeutung und setzen die Existenz über
das Lebensende hinaus fort; die staatlichen Ge-
walten meinen die moralische Ordnung unter
den Lebenden nicht aufrecht erhalten zu können,
wenn man auf die Korrektur des Erdenlebens
durch ein besseres Jenseits verzichten soll;

Mais il est peu de domaines où notre manière de penser et de sentir se soit si peu transformée depuis l'aube des temps, où l'ancien se soit si bien conservé sous une mince pellicule, que celui de notre relation à la mort. Deux facteurs rendent bien compte de cette immobilité : la force de nos réactions affectives originaires et l'incertitude de nos connaissances scientifiques. Notre biologie n'a pu encore décider si la mort est la destinée nécessaire de tout être vivant ou bien si elle n'est qu'un accident régulier, mais peut-être évitable, à l'intérieur de la vie[a]. La proposition : tous les hommes doivent mourir, a beau parader dans les manuels de logique comme modèle d'affirmation universelle, aucun homme ne se résout à la tenir pour évidente, et il y a dans notre inconscient actuel aussi peu place que jadis pour la représentation de notre propre mortalité[b]. Les religions continuent à contester son importance au fait irrécusable de la mort individuelle, et elles prolongent l'existence au-delà du terme de la vie ; les pouvoirs de l'État ne pensent pas être capables de maintenir l'ordre moral parmi les vivants, si l'on doit renoncer à corriger la vie terrestre par un au-delà meilleur ;

auf den Anschlagsäulen unserer Großstädte werden Vorträge angekündigt, welche Belehrungen
spenden wollen, wie man sich mit den Seelen der
Verstorbenen in Verbindung setzen kann, und es
ist unleugbar, daß mehrere der feinsten Köpfe
und schärfsten Denker unter den Männern der
Wissenschaft, zumal gegen das Ende ihrer eigenen Lebenszeit, geurteilt haben, daß es an Möglichkeiten für solchen Verkehr nicht fehle. Da
fast alle von uns in diesem Punkt noch so denken
wie die Wilden, ist es auch nicht zu verwundern,
daß die primitive Angst vor dem Toten bei uns
noch so mächtig ist und bereit liegt, sich zu
äußern, sowie irgend etwas ihr entgegenkommt.
Wahrscheinlich hat sie auch noch den alten
Sinn, der Tote sei zum Feind des Überlebenden
geworden und beabsichtige, ihn mit sich zu nehmen, als Genossen seiner neuen Existenz. Eher
könnte man bei dieser Unveränderlichkeit der
Einstellung zum Tode fragen, wo die Bedingung
der Verdrängung bleibt, die erfordert wird, damit
das Primitive als etwas Unheimliches wiederkehren könne. Aber die besteht doch auch;

sur les colonnes d'affichage de nos grandes villes sont annoncées des conférences prétendant prodiguer des enseignements quant à la manière dont on peut se mettre en relation avec les âmes des défunts, et il est indéniable que plusieurs des têtes les plus subtiles et des penseurs les plus perspicaces parmi les hommes de science ont jugé, surtout vers la fin de leur propre temps d'existence, qu'il ne manquait pas de possibilités de communication de ce genre. Étant donné que la quasi-totalité d'entre nous pense encore sur ce point comme les sauvages, il n'est pas étonnant que l'angoisse primitive devant le mort soit encore chez nous si puissante, et qu'elle soit prête à se manifester dès qu'une chose quelconque vient au-devant d'elle. Il est probable qu'elle conserve encore le sens ancien, à savoir que le mort est devenu l'ennemi du survivant et a l'intention de l'entraîner avec lui, afin qu'il partage sa nouvelle existence. Étant donné l'immuabilité de notre attitude à l'égard de la mort, on pourrait plutôt demander où demeure la condition requise d'un refoulement afin que le primitif puisse faire retour comme quelque chose d'étrangement inquiétant. Mais celle-ci est bien présente ;

offiziell glauben die sogenannten Gebildeten nicht mehr an das Sichtbarwerden der Verstorbenen als Seelen, haben deren Erscheinung an entlegene und selten verwirklichte Bedingungen geknüpft, und die ursprünglich höchst zweideutige, ambivalente Gefühlseinstellung zum Toten ist für die höheren Schichten des Seelenlebens zur eindeutigen der Pietät abgeschwächt worden.

Es bedarf jetzt nur noch weniger Ergänzungen, denn mit dem Animismus, der Magie und Zauberei, der Allmacht der Gedanken, der Beziehung zum Tode, der unbeabsichtigten Wiederholung und dem Kastrationskomplex haben wir den Umfang der Momente, die das Ängstliche zum Unheimlichen machen, so ziemlich erschöpft.

Wir heißen auch einen lebenden Menschen unheimlich, und zwar dann, wenn wir ihm böse Absichten zutrauen. Aber das reicht nicht hin, wir müssen noch hinzutun, daß diese seine Absichten, uns zu schaden, sich mit Hilfe besonderer Kräfte verwirklichen werden. Der «*Gettatore*» ist ein gutes Beispiel hiefür, diese unheimliche Gestalt des romanischen Aberglaubens, die Albrecht Schäffer in dem Buche «Josef Montfort» mit poetischer Intuition und tiefem psychoanalytischen Verständnis zu einer sympathischen Figur umgeschaffen hat. Aber mit diesen geheimen Kräften stehen wir bereits wieder auf dem Boden des Animismus.

officiellement, les gens soi-disant cultivés ne croient plus à la possibilité que les défunts deviennent visibles sous forme d'âmes, ils ont rattaché leur apparition à des conditions lointaines et rarement réalisées, et l'attitude affective à l'égard du mort, qui était à l'origine éminemment ambiguë et ambivalente, s'est trouvée affaiblie pour les couches supérieures de la vie psychique, pour faire place à l'attitude univoque de la piété[1].

Il n'est plus besoin maintenant que de quelques compléments, car avec l'animisme, la magie et la sorcellerie, la toute-puissance des pensées, la relation à la mort, la répétition non intentionnelle et le complexe de castration, nous avons à peu près fait le tour des facteurs qui transforment l'angoissant en étrangement inquiétant.

Il nous arrive aussi de dire d'un homme vivant qu'il est étrangement inquiétant, et ce quand nous lui prêtons des intentions mauvaises. Mais cela ne suffit pas, nous devons encore ajouter que les intentions de nous nuire que nous lui prêtons se réaliseront avec l'aide de forces particulières. Le *gettatore*[a] en est un bon exemple, ce personnage étrangement inquiétant de la superstition latine, qu'Albrecht Schaeffer, dans son livre *Josef Montfort*, a transformé, avec beaucoup d'intuition poétique et une profonde intelligence psychanalytique, en une figure sympathique. Mais avec ces forces occultes secrètes, nous nous trouvons à nouveau sur le terrain de l'animisme.

Die Ahnung solcher Geheimkräfte ist es, die dem frommen Gretchen den Mephisto so unheimlich werden läßt :

> *Sie ahnt, daß ich ganz sicher ein Genie,*
> *Vielleicht sogar der Teufel bin.*

Das Unheimliche der Fallsucht, des Wahnsinns, hat denselben Ursprung. Der Laie sieht hier die Äußerung von Kräften vor sich, die er im Nebenmenschen nicht vermutet hat, deren Regung er aber in entlegenen Winkeln der eigenen Persönlichkeit dunkel zu spüren vermag. Das Mittelalter hatte konsequenterweise und psychologisch beinahe korrekt alle diese Krankheitsäußerungen der Wirkung von Dämonen zugeschrieben. Ja, ich würde mich nicht verwundern zu hören, daß die Psychoanalyse, die sich mit der Aufdeckung dieser geheimen Kräfte beschäftigt, vielen Menschen darum selbst unheimlich geworden ist. In einem Falle, als mir die Herstellung eines seit vielen Jahren siechen Mädchens — wenn auch nicht sehr rasch — gelungen war, habe ich's von der Mutter der für lange Zeit Geheilten selbst gehört.

C'est le pressentiment de telles forces secrètes qui rend Méphisto si étrangement inquiétant aux yeux de la pieuse Gretchen :

> *Elle pressent que je suis à coup sûr un génie,*
> *Et qui sait, peut-être le diable*[a].

L'inquiétante étrangeté qui s'attache à l'épilepsie, à la folie, a la même origine. Le profane se voit là confronté à la manifestation de forces qu'il ne présumait pas chez son semblable, mais dont il lui est donné de ressentir obscurément le mouvement dans des coins reculés de sa propre personnalité. D'une manière conséquente et presque correcte sur le plan psychologique, le Moyen Âge avait attribué toutes ces manifestations pathologiques à l'action de démons. Je ne m'étonnerais même pas d'apprendre que la psychanalyse elle-même, du fait qu'elle s'emploie à mettre au jour ces forces secrètes, soit devenue étrangement inquiétante pour beaucoup de gens. Dans un cas où j'avais réussi — encore qu'assez lentement — à remettre sur pied une jeune fille malade depuis de nombreuses années, j'ai entendu cette réflexion dans la bouche même de la mère de la patiente, qui avait été guérie pour longtemps.

Abgetrennte Glieder, ein abgehauener Kopf, eine vom Arm gelöste Hand wie in einem Märchen von Hauff, Füße, die für sich allein tanzen wie in dem erwähnten Buche von A. Schaeffer, haben etwas ungemein Unheimliches an sich, besonders wenn ihnen wie im letzten Beispiel noch eine selbständige Tätigkeit zugestanden wird. Wir wissen schon, daß diese Unheimlichkeit von der Annäherung an den Kastrationskomplex herrührt. Manche Menschen würden die Krone der Unheimlichkeit der Vorstellung zuweisen, scheintot begraben zu werden. Allein die Psychoanalyse hat uns gelehrt, daß diese schreckende Phantasie nur die Umwandlung einer anderen ist, die ursprünglich nichts Schreckhaftes war, sondern von einer gewissen Lüsternheit getragen wurde, nämlich der Phantasie vom Leben im Mutterleib.

Tragen wir noch etwas Allgemeines nach, was streng genommen bereits in unseren bisherigen Behauptungen über den Animismus und die überwundenen Arbeitsweisen des seelischen Apparats enthalten ist, aber doch einer besonderen Hervorhebung würdig scheint,

Des membres séparés, une tête coupée, une main détachée du bras comme dans un conte de Hauff, des pieds qui dansent tout seuls comme dans le livre déjà mentionné d'A. Schaeffer, recèlent un extraordinaire potentiel d'inquiétante étrangeté, surtout lorsque, comme dans le dernier exemple, il leur est accordé par-dessus le marché une activité autonome. Nous savons déjà que cette inquiétante étrangeté-là découle de la proximité du complexe de castration. Nombre de personnes décerneraient le prix de l'étrangement inquiétant à l'idée d'être enterré en état de léthargie. Simplement, la psychanalyse nous a enseigné que ce fantasme effrayant n'est que la transmutation d'un autre qui n'avait à l'origine rien d'effrayant, mais se soutenait au contraire d'une certaine volupté, à savoir le fantasme de vivre dans le sein maternel[a].

Ajoutons encore une considération générale qui, à strictement parler, était déjà contenue dans ce que nous avons affirmé jusqu'ici sur l'animisme et les modes de travail dépassés de l'appareil psychique, mais qui nous paraît cependant mériter d'être spécialement mise en relief :

daß es nämlich oft und leicht unheimlich wirkt,
wenn die Grenze zwischen Phantasie und Wirklichkeit verwischt wird, wenn etwas real vor uns
hintritt, was wir bisher für phantastisch gehalten
haben, wenn ein Symbol die volle Leistung und
Bedeutung des Symbolisierten übernimmt und
dergleichen mehr. Hierauf beruht auch ein gutes
Stück der Unheimlichkeit, die den magischen
Praktiken anhaftet. Das Infantile daran, was auch
das Seelenleben der Neurotiker beherrscht, ist
die Überbetonung der psychischen Realität im
Vergleich zur materiellen, ein Zug, welcher sich
der Allmacht der Gedanken anschließt. Mitten in
der Absperrung des Weltkrieges kam eine Nummer des englischen Magazins «Strand» in meine
Hände, in der ich unter anderen ziemlich über-
flüssigen Produktionen eine Erzählung las, wie
ein junges Paar eine möblierte Wohnung bezieht,
in der sich ein seltsam geformter Tisch mit holz-
geschnitzten Krokodilen befindet. Gegen Abend
pflegt sich dann ein unerträglicher, charakteristi-
scher Gestank in der Wohnung zu verbreiten,
man stolpert im Dunkeln über irgend etwas, man
glaubt zu sehen, wie etwas Undefinierbares über
die Treppe huscht, kurz, man soll erraten, daß
infolge der Anwesenheit dieses Tisches gespens-
tische Krokodile im Hause spuken, oder daß die
hölzernen Scheusale im Dunkeln Leben bekommen oder etwas Ähnliches. Es war eine recht
einfältige Geschichte, aber ihre unheimliche Wirkung verspürte man als ganz hervorragend.

qu'un effet d'inquiétante étrangeté se produit souvent et aisément, quand la frontière entre fantasme et réalité se trouve effacée, quand se présente à nous comme réel quelque chose que nous avions considéré jusque-là comme fantastique, quand un symbole revêt toute l'efficience et toute la signification du symbolisé, et d'autres choses du même genre. C'est là-dessus que repose également une bonne part de l'inquiétante étrangeté inhérente aux pratiques magiques. Ce qu'il y a d'infantile là-dedans, et qui domine aussi la vie psychique des névrosés, c'est l'accentuation excessive de la réalité psychique par rapport à la réalité matérielle, trait qui se rattache à la toute-puissance des pensées. En plein blocus de la guerre mondiale, il me tomba entre les mains un numéro du magazine anglais *Strand*, dans lequel, au milieu d'autres productions plus ou moins oiseuses, je lus une nouvelle qui racontait comment un jeune couple s'installe dans un meublé, dans lequel se trouve une table aux formes bizarres, ornée de crocodiles sculptés. Vers le soir se répand alors régulièrement dans l'appartement une puanteur insupportable et caractéristique, on trébuche dans le noir sur on ne sait quoi, on croit voir quelque chose d'indéfinissable passer furtivement sur l'escalier, bref, il s'agit de deviner que, par suite de la présence de cette table, la maison est hantée par des crocodiles fantomatiques, ou que les monstres de bois prennent vie dans le noir, ou quelque chose de ce genre. C'était une histoire plutôt simplette, mais on ressentait au plus haut degré son effet d'inquiétante étrangeté.

Zum Schlusse dieser gewiß noch unvollständigen Beispielsammlung soll eine Erfahrung aus der psychoanalytischen Arbeit erwähnt werden, die, wenn sie nicht auf einem zufälligen Zusammentreffen beruht, die schönste Bekräftigung unserer Auffassung des Unheimlichen mit sich bringt. Es kommt oft vor, daß neurotische Männer erklären, das weibliche Genitale sei ihnen etwas Unheimliches. Dieses Unheimliche ist aber der Eingang zur alten Heimat des Menschenkindes, zur Örtlichkeit, in der jeder einmal und zuerst geweilt hat. «Liebe ist Heimweh», behauptet ein Scherzwort, und wenn der Träumer von einer Örtlichkeit oder Landschaft noch im Traume denkt : Das ist mir bekannt, da war ich schon einmal, so darf die Deutung dafür das Genitale oder den Leib der Mutter einsetzen. Das Unheimliche ist also auch in diesem Falle das ehemals Heimische, Altvertraute. Die Vorsilbe «*un*» an diesem Worte ist aber die Marke der Verdrängung.

III

Schon während der Lektüre der vorstehenden Erörterungen werden sich beim Leser Zweifel geregt haben, denen jetzt gestattet werden soll, sich zu sammeln und laut zu werden.

Pour clore cette collection d'exemples sans doute encore incomplète, il faut mentionner une expérience tirée du travail psychanalytique, qui, si elle ne repose pas sur une coïncidence fortuite, apporte la plus belle confirmation de notre conception de l'inquiétante étrangeté. Il advient souvent que des hommes névrosés déclarent que le sexe féminin est pour eux quelque chose d'étrangement inquiétant. Mais il se trouve que cet étrangement inquiétant est l'entrée de l'antique terre natale du petit d'homme, du lieu dans lequel chacun a séjourné une fois et d'abord. « L'amour est le mal du pays », affirme un mot plaisant, et quand le rêveur pense jusque dans le rêve, à propos d'un lieu ou d'un paysage : « Cela m'est bien connu, j'y ai déjà été une fois », l'interprétation est autorisée à y substituer le sexe ou le sein de la mère. L'étrangement inquiétant est donc aussi dans ce cas le chez-soi, l'antiquement familier d'autrefois[a]. Mais le préfixe *un* par lequel commence ce mot est la marque du refoulement.

III

Déjà pendant la lecture des analyses précédentes, le lecteur a dû sentir monter en lui des doutes auxquels il faut maintenant permettre de se rassembler et de se faire entendre.

Es mag zutreffen, daß das Unheimliche das Heimliche-Heimische ist, das eine Verdrängung erfahren hat und aus ihr wiedergekehrt ist, und daß alles Unheimliche diese Bedingung erfüllt. Aber mit dieser Stoffwahl scheint das Rätsel des Unheimlichen nicht gelöst. Unser Satz verträgt offenbar keine Umkehrung. Nicht alles, was an verdrängte Wunschregungen und überwundene Denkweisen der individuellen Vorzeit und der Völkerurzeit mahnt, ist darum auch unheimlich.

Auch wollen wir es nicht verschweigen, daß sich fast zu jedem Beispiel, welches unseren Satz erweisen sollte, ein analoges finden läßt, das ihm widerspricht. Die abgehauene Hand z. B. im Hauffschen Märchen «Die Geschichte von der abgehauenen Hand» wirkt gewiß unheimlich, was wir auf den Kastrationskomplex zurückgeführt haben. Aber in der Erzählung des Herodot vom Schatz des Rhampsenit läßt der Meisterdieb, den die Prinzessin bei der Hand festhalten will, ihr die abgehauene Hand seines Bruders zurück, und andere werden wahrscheinlich ebenso wie ich urteilen, daß dieser Zug keine unheimliche Wirkung hervorruft. Die prompte Wunscherfüllung im «Ring des Polykrates» wirkt auf uns sicherlich ebenso unheimlich wie auf den König von Ägypten selbst. Aber in unseren Märchen wimmelt es von sofortigen Wunscherfüllungen und das Unheimliche bleibt dabei aus.

Il est sans doute exact que le *Unheimlich* est le *Heimlich-Heimisch* qui a subi un refoulement et qui a fait retour à partir de là, et que tout ce qui est étrangement inquiétant remplit cette condition. Mais l'énigme de l'étrangement inquiétant ne paraît pas résolue par cette délimitation quant au contenu. Notre proposition ne supporte manifestement pas d'être inversée. Tout ce qui nous rappelle des motions de souhait refoulées et des modes de pensée dépassés de notre préhistoire individuelle et des temps originaires des peuples n'est pas pour autant étrangement inquiétant.

Nous ne voulons pas non plus passer sous silence que, pour presque chaque exemple qui devait corroborer notre proposition, on peut en trouver un analogue qui le contredit. Il est par exemple certain que la main coupée produit, dans le conte de Hauff l'*Histoire de la main coupée*, un effet étrangement inquiétant, ce que nous avons ramené au complexe de castration. Mais dans le récit d'Hérodote consacré au trésor de Rhampsinite, le maître-voleur abandonne à la princesse qui veut le retenir par la main, la main coupée de son frère, et d'autres personnes jugeront sans doute tout comme moi que ce trait ne provoque aucun effet d'inquiétante étrangeté. Il ne fait pas de doute que le prompt accomplissement de souhait dans «L'anneau de Polycrate» produit sur nous un effet tout aussi étrangement inquiétant que sur le roi d'Égypte lui-même. Mais nos contes regorgent d'accomplissements de souhaits immédiats, et l'inquiétante étrangeté en est absente.

Im Märchen von den drei Wünschen läßt sich die
Frau durch den Wohlgeruch einer Bratwurst ver-
leiten zu sagen, daß sie auch so ein Würstchen
haben möchte. Sofort liegt es vor ihr auf dem
Teller. Der Mann wünscht im Ärger, daß es der
Vorwitzigen an der Nase hängen möge. Flugs
baumelt es an ihrer Nase. Das ist sehr eindrucks-
voll, aber nicht im geringsten unheimlich. Das
Märchen stellt sich überhaupt ganz offen auf
den animistischen Standpunkt der Allmacht von
Gedanken und Wünschen, und ich wüßte doch
kein echtes Märchen zu nennen, in dem irgend
etwas Unheimliches vorkäme. Wir haben gehört,
daß es in hohem Grade unheimlich wirkt, wenn
leblose Dinge, Bilder, Puppen, sich beleben, aber
in den Andersenschen Märchen leben die Haus-
geräte, die Möbel, der Zinnsoldat und nichts
ist vielleicht vom Unheimlichen entfernter. Auch
die Belebung der schönen Statue des Pygmalion
wird man kaum als unheimlich empfinden.

Scheintod und Wiederbelebung von Toten
haben wir als sehr unheimliche Vorstellungen kennen gelernt. Dergleichen ist aber wiederum im
Märchen sehr gewöhnlich; wer wagte es unheimlich zu nennen, wenn z. B. Schneewittchen die
Augen wieder aufschlägt?

Dans le conte des trois souhaits, la femme, allé-
chée par les effluves d'une saucisse à rôtir, se
laisse entraîner à dire qu'elle en voudrait une
pareille. Cette saucisse se trouve aussitôt devant
elle, dans son assiette. L'homme, que cela agace,
souhaite que la saucisse s'accroche au nez de la
femme. En un clin d'œil, la voici qui pendille à
son nez. Le conte est très impressionnant, mais
pas le moins du monde étrangement inquiétant.
Le conte adopte en général tout à fait ouvertement le point de vue animiste de la toute-
puissance des pensées et des souhaits, et je ne
pourrais citer aucun conte authentique dans
lequel intervienne quelque chose d'étrangement
inquiétant. Nous avons vu qu'il se produit un
puissant effet d'inquiétante étrangeté quand des
choses, des images, des poupées inanimées s'ani-
ment, mais dans les contes d'Andersen, les usten-
siles domestiques, les meubles, le soldat d'étain
vivent, et pourtant rien n'est peut-être plus éloi-
gné de l'étrangement inquiétant. De même que
l'animation de la belle statue de Pygmalion n'ins-
pirera guère de sentiment d'inquiétante étrangeté.

Nous avons noté que la léthargie et la réani-
mation de morts étaient des représentations très
étrangement inquiétantes. Mais encore une fois,
de tels phénomènes sont monnaie courante dans
le conte ; qui oserait qualifier d'étrangement
inquiétant le moment où, par exemple, Blanche-
Neige rouvre les yeux ?

Auch die Erweckung von Toten in den Wunder-
geschichten, z. B. des Neuen Testaments, ruft
Gefühle hervor, die nichts mit dem Unheimlichen
zu tun haben. Die unbeabsichtigte Wiederkehr
des Gleichen, die uns so unzweifelhafte unheimliche Wirkungen ergeben hat, dient doch in einer
Reihe von Fällen anderen, und zwar sehr verschiedenen Wirkungen. Wir haben schon einen
Fall kennen gelernt, in dem sie als Mittel zur
Hervorrufung des komischen Gefühls gebraucht
wird, und können Beispiele dieser Art häufen.
Andere Male wirkt sie als Verstärkung u. dgl., fer-
ner : woher rührt die Unheimlichkeit der Stille,
des Alleinseins, der Dunkelheit? Deuten diese
Momente nicht auf die Rolle der Gefahr bei der
Entstehung des Unheimlichen, wenngleich es
dieselben Bedingungen sind, unter denen wir die
Kinder am häufigsten Angst äußern sehen? Und
können wir wirklich das Moment der intellektuellen Unsicherheit ganz vernachlässigen, da wir
doch seine Bedeutung für das Unheimliche des
Todes zugegeben haben?

So müssen wir wohl bereit sein anzunehmen,
daß für das Auftreten des unheimlichen Gefühls
noch andere als die von uns vorangestellten stof-
flichen Bedingungen maßgebend sind.

De même, la résurrection des morts dans les histoires miraculeuses, par exemple celles du Nouveau Testament, suscite des sentiments qui n'ont rien à voir avec l'étrangement inquiétant. Le retour non intentionnel du même, qui nous a paru donner lieu à d'indubitables effets d'inquiétante étrangeté, ne s'en prête pas moins dans toute une série de cas à d'autres effets, d'ailleurs fort différents. Nous avons déjà rencontré un cas dans lequel il est utilisé comme moyen de déclencher un sentiment comique, et nous pourrions accumuler les exemples de ce genre. D'autres fois, il a des effets de renforcement, etc. D'où provient, d'autre part, l'inquiétante étrangeté du silence, de la solitude, de l'obscurité ? Est-ce que ces facteurs ne renvoient pas au rôle du danger dans la genèse de l'étrangement inquiétant, même si ce sont là les mêmes conditions que celles dans lesquelles nous voyons le plus souvent les enfants manifester de l'angoisse ? Et pouvons-nous vraiment laisser complètement de côté le facteur de l'incertitude intellectuelle, alors que nous avons reconnu son importance au regard de l'inquiétante étrangeté de la mort ?

Nous devons donc être prêt à accepter que l'émergence du sentiment d'inquiétante étrangeté soit encore soumise à d'autres conditions que celles touchant au contenu que nous avons avancées en premier lieu.

Man könnte zwar sagen, mit jener ersten Fest-
stellung sei das psychoanalytische Interesse am
Problem des Unheimlichen erledigt, der Rest
erfordere wahrscheinlich eine ästhetische Untersuchung. Aber damit würden wir dem Zweifel
das Tor öffnen, welchen Wert unsere Einsicht in
die Herkunft des Unheimlichen vom verdrängten
Heimischen eigentlich beanspruchen darf.

Eine Beobachtung kann uns den Weg zur
Lösung dieser Unsicherheiten weisen. Fast alle
Beispiele, die unseren Erwartungen widersprechen, sind dem Bereich der Fiktion, der Dichtung, entnommen. Wir erhalten so einen Wink,
einen Unterschied zu machen zwischen dem
Unheimlichen, das man erlebt, und dem Unheimlichen, das man sich bloß vorstellt, oder von dem
man liest.

Das Unheimliche des Erlebens hat weit ein-
fachere Bedingungen, umfaßt aber weniger zahlreiche Fälle. Ich glaube, es fügt sich ausnahmslos
unserem Lösungsversuch, läßt jedesmal die Zurückführung auf altvertrautes Verdrängtes zu.
Doch ist auch hier eine wichtige und psychologisch bedeutsame Scheidung des Materials
vorzunehmen, die wir am besten an geeigneten
Beispielen erkennen werden.

Greifen wir das Unheimliche der Allmacht der
Gedanken, der prompten Wunscherfüllung, der
geheimen schädigenden Kräfte, der Wiederkehr
der Toten heraus. Die Bedingung, unter der hier
das Gefühl des Unheimlichen entsteht, ist nicht
zu verkennen.

Il est vrai qu'on pourrait dire qu'avec ce premier ordre de constatations, la question de l'intérêt que présente pour la psychanalyse le problème de l'inquiétante étrangeté est réglé, que le reste nécessiterait sans doute une investigation esthétique. Mais ce faisant, nous ouvririons la porte au doute quant à la valeur dont peut au juste se prévaloir notre découverte qui voit l'origine de l'inquiétante étrangeté dans le familier refoulé.

Une observation peut nous montrer la voie de la solution de ces incertitudes. Presque tous les exemples qui contredisent nos attentes sont empruntés au domaine de la fiction, de la création littéraire. Nous sommes ainsi invité à faire une différence entre l'étrangement inquiétant vécu et l'étrangement inquiétant purement représenté ou connu par la lecture.

L'étrangement inquiétant vécu requiert des conditions bien plus simples, mais il englobe un plus petit nombre de cas. Je crois qu'il se prête sans exception à notre tentative de solution, qu'il se laisse chaque fois ramener à un refoulé autrefois familier. Mais ici aussi, il nous faudra trier la matière, tri important et d'une grande portée psychologique, que nous repérerons de la meilleure manière en recourant à des exemples appropriés.

Prenons l'inquiétante étrangeté de la toute-puissance des pensées, du prompt accomplissement des souhaits, des forces secrètes nuisibles, du retour des morts. La condition qui préside ici à la genèse du sentiment d'inquiétante étrangeté est impossible à méconnaître.

Wir — oder unsere primitiven Urahnen — haben
dereinst diese Möglichkeiten für Wirklichkeit
gehalten, waren von der Realität dieser Vorgänge
überzeugt. Heute glauben wir nicht mehr daran,
wir haben diese Denkweisen *überwunden*, aber
wir fühlen uns dieser neuen Überzeugungen nicht
ganz sicher, die alten leben noch in uns fort und
lauern auf Bestätigung. Sowie sich nun etwas in
unserem Leben *ereignet*, was diesen alten abgeleg-
ten Überzeugungen eine Bestätigung zuzuführen
scheint, haben wir das Gefühl des Unheimlichen,
zu dem man das Urteil ergänzen kann : Also ist
es doch wahr, daß man einen anderen durch den
bloßen Wunsch töten kann, daß die Toten wei-
terleben und an der Stätte ihrer früheren Tätigkeit sichtbar werden u. dgl. ! Wer im Gegenteil
diese animistischen Überzeugungen bei sich
gründlich und endgültig erledigt hat, für den entfällt das Unheimliche dieser Art. Das merkwür-
digste Zusammentreffen von Wunsch und Erfüllung, die rätselhafteste Wiederholung ähnlicher
Erlebnisse an demselben Ort oder zum gleichen
Datum, die täuschendsten Gesichtswahrneh-
mungen und verdächtigsten Geräusche werden
ihn nicht irre machen, keine Angst in ihm erwecken, die man als Angst vor dem «Unheimlichen»
bezeichnen kann. Es handelt sich hier also rein
um eine Angelegenheit der Realitätsprüfung, um
eine Frage der materielle Realität.

Nous avons jadis tenu (ou nos ancêtres primitifs ont jadis tenu) ces possibilités pour réelles, nous étions convaincus de la réalité de ces processus. Aujourd'hui nous n'y croyons plus, nous avons *dépassé* ces modes de pensée, mais nous ne nous sentons pas très sûrs de ces nouvelles convictions ; les anciennes continuent à vivre en nous, à l'affût d'une confirmation. Aussi, dès lors qu'il *se passe* dans notre vie quelque chose qui paraît apporter une confirmation à ces anciennes convictions mises à l'écart, nous avons un sentiment d'inquiétante étrangeté, qu'on peut compléter par ce jugement : « Ainsi donc, il est tout de même vrai qu'on peut tuer une autre personne simplement en le souhaitant, que les morts continuent à vivre et réapparaissent sur les lieux de leur activité antérieure, etc. » Sur quiconque en revanche a liquidé en lui, radicalement et définitivement, ces convictions animistes, l'inquiétante étrangeté de ce type n'a aucune prise. La plus bizarre rencontre entre un souhait et son accomplissement, la répétition la plus énigmatique d'expériences vécues semblables en un même lieu ou à la même date, les perceptions visuelles les plus génératrices d'illusions et les bruits les plus suspects ne le décontenanceront pas, n'éveilleront en lui aucune angoisse qu'on puisse qualifier d'angoisse devant l'« étrangement inquiétant ». Il s'agit donc ici purement d'une affaire d'épreuve de réalité, d'une question de réalité matérielle[1].

Anders verhält es sich mit dem Unheimlichen, das von verdrängten infantilen Komplexen ausgeht, vom Kastrationskomplex, der Mutterleibsphantasie usw., nur daß reale Erlebnisse, welche diese Art von Unheimlichem erwecken, nicht sehr häufig sein können. Das Unheimliche des Erlebens gehört zumeist der früheren Gruppe an, für die Theorie ist aber die Unterscheidung der beiden sehr bedeutsam. Beim Unheimlichen aus infantilen Komplexen kommt die Frage der materiellen Realität gar nicht in Betracht, die psychische Realität tritt an deren Stelle. Es handelt sich um wirkliche Verdrängung eines Inhalts und um die Wiederkehr des Verdrängten, nicht um die Aufhebung des *Glaubens an die Realität* dieses Inhalts. Man könnte sagen, in dem einen Falle sei ein gewisser Vorstellungsinhalt, im anderen der Glaube an seine (materielle) Realität verdrängt. Aber die letztere Ausdrucksweise dehnt wahrscheinlich den Gebrauch des Terminus «Verdrängung» über seine rechtmäßigen Grenzen aus. Es ist korrekter, wenn wir einer hier spürbaren psychologischen Differenz Rechnung tragen und den Zustand, in dem sich die animistischen Überzeugungen des Kulturmenschen befinden, als ein — mehr oder weniger vollkommenes — *Überwundensein* bezeichnen. Unser Ergebnis lautete dann : Das Unheimliche des Erlebens kommt zustande, wenn *verdrängte* infantile Komplexe durch einen Eindruck wieder belebt werden, oder wenn *überwundene* primitive Überzeugungen wieder bestätigt scheinen.

Il en va autrement de l'étrangement inquiétant qui émane de complexes infantiles refoulés, du complexe de castration, du fantasme du sein maternel, etc., à ceci près que des expériences réelles susceptibles de provoquer ce type d'inquiétante étrangeté ne peuvent être très fréquentes. L'étrangement inquiétant vécu ressortit la plupart du temps au premier groupe, mais pour la théorie la distinction des deux groupes est d'une très grande portée. Dans le cas d'inquiétante étrangeté dérivée de complexes infantiles, la question de la réalité matérielle n'entre pas du tout en ligne de compte, c'est la réalité psychique qui prend sa place. Il s'agit du refoulement effectif d'un contenu et du retour de ce refoulé, et non de la suppression de la *croyance à la réalité* de ce contenu. On pourrait dire que dans un cas, c'est un certain contenu de représentation, dans l'autre, la croyance à sa réalité (matérielle) qui est refoulée. Mais il est probable que le deuxième mode d'expression étend l'usage du terme « refoulement » au-delà de ses frontières légitimes. Il est plus correct de tenir compte d'une différence psychologique qui se fait sentir ici, et de qualifier l'état dans lequel se trouvent les convictions animistes de l'homme civilisé, d'un *état de dépassement* plus ou moins achevé. Le résultat auquel nous parvenons se formulerait alors dans ces termes : l'inquiétante étrangeté vécue se constitue lorsque des complexes infantiles *refoulés* sont ranimés par une impression, ou lorsque des convictions primitives *dépassées* paraissent à nouveau confirmées.

Endlich darf man sich durch die Vorliebe für
glatte Erledigung und durchsichtige Darstellung
nicht vom Bekenntnis abhalten lassen, daß die
beiden hier aufgestellten Arten des Unheimlichen im Erleben nicht immer scharf zu sondern
sind. Wenn man bedenkt, daß die primitiven
Überzeugungen auf das innigste mit den infantilen Komplexen zusammenhängen und eigentlich
in ihnen wurzeln, wird man sich über diese Ver-
wischung der Abgrenzungen nicht viel verwundern.

Das Unheimliche der Fiktion — der Phantasie,
der Dichtung — verdient in der Tat eine geson-
derte Betrachtung. Es ist vor allem weit reich-
haltiger als das Unheimliche des Erlebens, es
umfaßt dieses in seiner Gänze und dann noch
anderes, was unter den Bedingungen des Erlebens nicht vorkommt. Der Gegensatz zwischen
Verdrängtem und Überwundenem kann nicht
ohne tiefgreifende Modifikation auf das Unheimliche der Dichtung übertragen werden, denn das
Reich der Phantasie hat ja zur Voraussetzung seiner Geltung, daß sein Inhalt von der Realitätsprüfung enthoben ist. Das paradox klingende
Ergebnis ist, *daß in der Dichtung vieles nicht
unheimlich ist, was unheimlich wäre, wenn es sich
im Leben ereignete, und daß in der Dichtung viele
Möglichkeiten bestehen, unheimliche Wirkungen zu
erzielen, die fürs Leben wegfallen.*

Enfin, il ne faut pas que notre goût des solutions impeccables et des présentations transparentes nous détourne d'avouer que les deux genres d'inquiétante étrangeté que nous venons d'établir ne se laissent pas toujours nettement distinguer dans le vécu. Si l'on songe que les convictions primitives sont liées de la manière la plus étroite aux complexes infantiles et y trouvent à vrai dire leurs racines, on ne s'étonnera pas beaucoup de voir ces délimitations s'estomper.

L'inquiétante étrangeté de la fiction — de l'imagination, de la création littéraire — mérite effectivement d'être considérée à part. Elle est avant tout beaucoup plus riche que l'inquiétante étrangeté vécue, elle englobe non seulement celle-ci dans sa totalité, mais aussi d'autres choses qui ne peuvent intervenir dans les conditions du vécu. L'opposition entre refoulé et dépassé ne peut être appliquée sans modification profonde à l'inquiétante étrangeté de la création littéraire, car le royaume de l'imagination présuppose pour sa validité que son contenu soit dispensé de l'épreuve de la réalité. La conclusion, qui rend un son paradoxal, est *que, dans la création littéraire, beaucoup de choses ne sont pas étrangement inquiétantes, qui le seraient si elles se passaient dans la vie, et que, dans la création littéraire, il y a beaucoup de possibilités de produire des effets d'inquiétante étrangeté, qui ne se rencontrent pas dans la vie.*

Zu den vielen Freiheiten des Dichters gehört auch die, seine Darstellungswelt nach Belieben so zu wählen, daß sie mit der uns vertrauten Realität zusammenfällt, oder sich irgendwie von ihr entfernt. Wir folgen ihm in jedem Falle. Die Welt des Märchens z. B. hat den Boden der Realität von vornherein verlassen und sich offen zur Annahme der animistischen Überzeugungen bekannt. Wunscherfüllungen, geheime Kräfte, Allmacht der Gedanken, Belebung des Leblosen, die im Märchen ganz gewöhnlich sind, können hier keine unheimliche Wirkung äußern, denn für die Entstehung des unheimlichen Gefühls ist, wie wir gehört haben, der Urteilsstreit erforderlich, ob das überwundene Unglaubwürdige nicht doch real möglich ist, eine Frage, die durch die Voraussetzungen der Märchenwelt überhaupt aus dem Wege geräumt ist. So verwirklicht das Märchen, das uns die meisten Beispiele von Widerspruch gegen unsere Lösung des Unheimlichen geliefert hat, den zuerst erwähnten Fall, daß im Reiche der Fiktion vieles nicht unheimlich ist, was unheimlich wirken müßte, wenn es sich im Leben ereignete. Dazu kommen fürs Märchen noch andere Momente, die später kurz berührt werden sollen.

Der Dichter kann sich auch eine Welt erschaffen haben, die, minder phantastisch als die Märchenwelt, sich von der realen doch durch die Aufnahme von höheren geistigen Wesen, Dämonen oder Geistern Verstorbener scheidet.

Parmi les nombreuses libertés de l'écrivain, il y a également celle qui consiste à choisir à volonté le monde qu'il représente de telle manière que celui-ci coïncide avec la réalité qui nous est familière, ou qu'il s'en éloigne d'une façon ou d'une autre. Dans tous les cas, nous le suivons. Le monde du conte, par exemple, a quitté d'emblée le terrain de la réalité et a confessé ouvertement son adhésion à des convictions animistes. Les accomplissements de souhaits, les forces secrètes, la toute-puissance des pensées, l'animation de l'inanimé, qui sont courants dans le conte, ne peuvent y produire aucun effet d'inquiétante étrangeté, car pour que naisse un tel sentiment il faut, comme nous l'avons déjà vu, un litige quant à savoir si l'incroyable qui a été dépassé n'est tout de même pas réellement possible, question qui est purement et simplement balayée par les présupposés de l'univers du conte. Ainsi le conte, qui nous a fourni la plupart des exemples contredisant notre conception de l'inquiétante étrangeté, réalise le premier cas signalé, à savoir que dans le royaume de la fiction, beaucoup de choses ne sont pas étrangement inquiétantes, qui devraient avoir un tel effet, si elles se passaient dans la vie. Pour ce qui est du conte, d'autres facteurs interviennent encore, qui seront brièvement abordés un peu plus tard.

L'écrivain peut s'être aussi créé un monde qui, moins fantastique que celui du conte, ne se distingue pas moins du monde réel par l'introduction d'êtres spirituels supérieurs, de démons et de spectres de défunts.

Alles Unheimliche, was diesen Gestalten anhaften könnte, entfällt dann, soweit die Voraussetzungen dieser poetischen Realität reichen. Die Seelen der Danteschen Hölle oder die Geistererscheinungen in Shakespeares *Hamlet*, *Macbeth*, *Julius Caesar* mögen düster und schreckhaft genug sein, aber unheimlich sind sie im Grunde ebensowenig wie etwa die heitere Götterwelt Homers. Wir passen unser Urteil den Bedingungen dieser vom Dichter fingierten Realität an und behandeln Seelen, Geister und Gespenster, als wären sie vollberechtigte Existenzen, wie wir es selbst in der materiellen Realität sind. Auch dies ist ein Fall, in dem Unheimlichkeit erspart wird.

Anders nun, wenn der Dichter sich dem Anscheine nach auf den Boden der gemeinen Realität gestellt hat. Dann übernimmt er auch alle Bedingungen, die im Erleben für die Entstehung des unheimlichen Gefühls gelten, und alles was im Leben unheimlich wirkt, wirkt auch so in der Dichtung. Aber in diesem Falle kann der Dichter auch das Unheimliche weit über das im Erleben mögliche Maß hinaus steigern und vervielfältigen, indem er solche Ereignisse vorfallen läßt, die in der Wirklichkeit nicht oder nur sehr selten zur Erfahrung gekommen wären. Er verrät uns dann gewissermaßen an unseren für überwunden gehaltenen Aberglauben, er betrügt uns, indem er uns die gemeine Wirklichkeit verspricht und dann doch über diese hinausgeht.

Toute l'inquiétante étrangeté qui pourrait s'attacher à ces figures disparaît alors dans les limites que tracent les présupposés de cette réalité littéraire. Les âmes de l'Enfer de Dante ou les apparitions spectrales dans le *Hamlet*, le *Macbeth*, le *Jules César* de Shakespeare ont beau être lugubres et effrayantes, au fond elles sont tout aussi peu étrangement inquiétantes que, par exemple, le monde serein des dieux d'Homère. Nous adaptons notre jugement aux conditions de cette réalité feinte par l'écrivain, et traitons les âmes, les spectres et les fantômes à l'instar d'existants à part entière, tels que nous-mêmes dans la réalité matérielle. C'est là aussi un cas où nous est épargnée l'inquiétante étrangeté.

Mais il en va autrement quand l'écrivain s'est apparemment placé sur le terrain de la réalité commune. À ce moment-là, il adopte du même coup les conditions qui président dans l'expérience vécue à l'émergence du sentiment d'inquiétante étrangeté, et tout ce qui dans la vie produit de tels effets les produit aussi dans la littérature. Mais dans ce cas, l'écrivain peut aussi intensifier et multiplier l'étrangement inquiétant bien au-delà de la mesure du vécu possible, en faisant survenir des événements qui, dans la réalité, ne se seraient pas présentés du tout, ou seulement très rarement. Il nous livre alors pour ainsi dire par traîtrise à notre superstition, que nous croyions dépassée ; il nous trompe en nous promettant la réalité commune et en allant nonobstant au-delà d'elle.

Wir reagieren auf seine Fiktionen so, wie wir auf
eigene Erlebnisse reagiert hätten; wenn wir den
Betrug merken, ist es zu spät, der Dichter hat
seine Absicht bereits erreicht, aber ich muß
behaupten, er hat keine reine Wirkung erzielt.
Bei uns bleibt ein Gefühl von Unbefriedigung,
eine Art von Groll über die versuchte Täu-
schung, wie ich es besonders deutlich nach der
Lektüre von Schnitzlers Erzählung, «Die Weissagung» und ähnlichen mit dem Wunderbaren
liebäugelnden Produktionen verspürt habe. Der
Dichter hat dann noch ein Mittel zur Verfügung,
durch welches er sich dieser unserer Auflehnung
entziehen und gleichzeitig die Bedingungen für
das Erreichen seiner Absichten verbessern kann.
Es besteht darin, daß er uns lange Zeit über nicht
erraten läßt, welche Voraussetzungen er eigentlich für die von ihm angenommene Welt gewählt
hat, oder daß er kunstvoll und arglistig einer solchen entscheidenden Aufklärung bis zum Ende
ausweicht. Im ganzen wird aber hier der vorhin
angekündigte Fall verwirklicht, daß die Fiktion
neue Möglichkeiten des unheimlichen Gefühls
erschafft, die im Erleben wegfallen würden.

Alle diese Mannigfaltigkeiten beziehen sich
streng genommen nur auf das Unheimliche, das
aus dem Überwundenen entsteht. Das Unheimliche aus verdrängten Komplexen ist resistenter,
es bleibt in der Dichtung — von einer Bedingung
abgesehen — ebenso unheimlich wie im Erleben.

Nous réagissons à ses fictions de la même manière que nous aurions réagi à des expériences vécues personnelles ; quand nous nous apercevons de la supercherie, il est trop tard, l'écrivain a déjà atteint son objectif ; mais je dois affirmer qu'il n'a pas obtenu un effet pur. Il reste en nous un sentiment d'insatisfaction, une sorte de rancœur du fait de cette tentative de tromperie, comme je l'ai éprouvée de manière particulièrement nette après la lecture du récit de Schnitzler *Die Weissagung* (*La prédiction*) et d'autres productions semblables qui flirtent avec le merveilleux. Alors l'écrivain a encore un moyen à sa disposition, par lequel il peut esquiver notre rébellion et en même temps améliorer les conditions de mise en œuvre de ses desseins. Il consiste à ne pas nous laisser deviner pendant longtemps sur quels présupposés précis il a choisi d'établir son monde, ou bien à se dérober avec ingéniosité et malice, jusqu'à la fin, à un tel éclaircissement décisif. Mais dans l'ensemble se trouve réalisé ici le cas que nous avions précédemment annoncé, à savoir que la fiction crée de nouvelles possibilités d'inquiétante étrangeté qui ne sauraient se rencontrer dans le vécu.

Toutes ces variantes ne se rapportent à strictement parler qu'à l'inquiétante étrangeté qui prend sa source dans le dépassé. L'inquiétante étrangeté née de complexes refoulés est plus résistante, elle reste dans la littérature — à une condition près — tout aussi étrangement inquiétante que dans le vécu.

Das andere Unheimliche, das aus dem Überwundenen, zeigt diesen Charakter im Erleben und in
der Dichtung, die sich auf den Boden der materiellen Realität stellt, kann ihn aber in den fiktiven,
vom Dichter geschaffenen Realitäten einbüßen.

Er ist offenkundig, daß die Freiheiten des
Dichters und damit die Vorrechte der Fiktion in
der Hervorrufung und Hemmung des unheimlichen Gefühls durch die vorstehenden Bemerkungen nicht erschöpft werden. Gegen das Erleben
verhalten wir uns im allgemeinen gleichmäßig
passiv und unterliegen der Einwirkung des Stoff-
lichen. Für den Dichter sind wir aber in besonderer Weise lenkbar; durch die Stimmung, in die
er uns versetzt, durch die Erwartungen, die er in
uns erregt, kann er unsere Gefühlsprozesse von
dem einen Erfolg ablenken und auf einen anderen einstellen, und kann aus demselben Stoff
oft sehr verschiedenartige Wirkungen gewinnen.
Dies ist alles längst bekannt und wahrscheinlich
von den berufenen Ästhetikern eingehend gewürdigt worden. Wir sind auf dieses Gebiet der Forschung ohne rechte Absicht geführt worden, indem
wir der Versuchung nachgaben, den Widerspruch
gewisser Beispiele gegen unsere Ableitung des
Unheimlichen aufzuklären. Zu einzelnen dieser
Beispiele wollen wir darum auch zurückkehren.

L'autre inquiétante étrangeté, celle qui vient du dépassé, garde son caractère dans le vécu et dans la littérature qui se place sur le terrain de la réalité matérielle, mais elle peut le perdre dans les réalités fictives créées par l'écrivain.

Il est patent que les remarques précédentes n'épuisent pas la question des libertés de l'écrivain ni donc non plus des privilèges de la fiction, pour ce qui est de susciter et d'inhiber le sentiment d'inquiétante étrangeté. Face au vécu, nous nous comportons en général avec une passivité uniforme, et nous subissons l'effet de la matière des événements. Mais pour l'écrivain nous présentons une malléabilité particulière ; par l'état d'esprit dans lequel il nous plonge, par les attentes qu'il suscite en nous, il peut détourner nos processus affectifs d'un certain enchaînement et les orienter vers un autre, et il peut souvent tirer de la même matière des effets très différents. Tout cela est connu depuis longtemps et a fait sans doute l'objet d'appréciations approfondies de la part des professionnels de l'esthétique. Nous nous sommes laissé entraîner dans ce champ d'investigation sans l'avoir vraiment voulu, en cédant à la tentation d'élucider la contradiction qu'apportaient certains exemples à notre déduction de l'inquiétante étrangeté. C'est pourquoi nous allons d'ailleurs revenir à quelques-uns de ces exemples.

Wir fragten vorhin, warum die abgehauene Hand im Schatz des Rhampsenit nicht unheimlich wirke wie etwa in der Hauffschen «Geschichte von der abgehauenen Hand». Die Frage erscheint uns jetzt bedeutsamer, da wir die größere Resistenz des Unheimlichen aus der Quelle verdrängter Komplexe erkannt haben. Die Antwort ist leicht zu geben. Sie lautet, daß wir in dieser Erzählung nicht auf die Gefühle der Prinzessin, sondern auf die überlegene Schlauheit des «Meisterdiebes» eingestellt werden. Der Prinzessin mag das unheimliche Gefühl dabei nicht erspart worden sein, wir wollen es selbst für glaubhaft halten, daß sie in Ohnmacht gefallen ist, aber wir verspüren nichts Unheimliches, denn wir versetzen uns nicht in sie, sondern in den anderen. Durch eine andere Konstellation wird uns der Eindruck des Unheimlichen in der Nestroyschen Posse «Der Zerrissene» erspart, wenn der Geflüchtete, der sich für einen Mörder hält, aus jeder Falltür, deren Deckel er aufhebt, das vermeintliche Gespenst des Ermordeten aufsteigen sieht und verzweifelt ausruft: Ich hab' doch nur *einen* umgebracht. Zu was diese gräßliche Multiplikation? Wir kennen die Vorbedingungen dieser Szene, teilen den Irrtum des «Zerrissenen» nicht, und darum wirkt, was für ihn unheimlich sein muß, auf uns mit unwiderstehlicher Komik.

« *Le psychanalyste n'éprouve que rarement l'impulsion de se livrer à des investigations esthétiques, et ce
même lorsqu'on ne limite pas l'esthétique à la théorie
du beau, mais qu'on la décrit comme la théorie des
qualités de notre sensibilité.* »

1 Le bureau de Sigmund Freud à Londres.

2

3

2 Photo de famille, vers 1898, dans le jardin du 19 Berggasse.

3 Sigmund Freud vers 1912, sur la véranda du 19 Berggasse, photographie prise par un de ses fils.

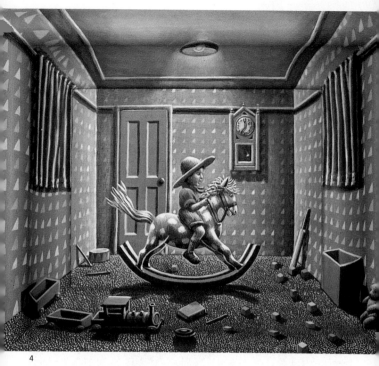

4

« *Le créateur littéraire fait donc la même chose que l'enfant qui joue; il crée un monde imaginaire, qu'il prend très au sérieux, c'est-à-dire qu'il dote de grandes quantités d'affect, tout en le séparant nettement de la réalité.* »

5

6

6 Marie Bonaparte et son mari, le prince Georges de Grèce, vers 1910. Après avoir elle-même entrepris une psychanalyse avec Sigmund Freud, Marie Bonaparte se chargea de la traduction française de l'œuvre de son maître.

7

« *Cela nous a toujours puissamment dérangés, nous autres profanes, de savoir où cette singulière personnalité, le créateur littéraire, va prendre sa matière...* »

8

7 Sigmund Freud à son bureau, eau-forte de Max Pollack, vers 1914.

8 Étude publicitaire pour les machines à écrire Hermès, photographie de François Kollar, 1931.

9

10

« *Et voici qu'aussitôt, issues de mythes, de contes et d'œuvres littéraires, nous viennent à l'esprit d'autres scènes qui ont pour objet la même situation [...] Quiconque voudrait se livrer à de plus amples investigations trouverait sans doute encore d'autres élaborations du même motif où seraient conservés les mêmes traits essentiels.* »

9 *Les trois deésses Athéna, Héra et Aphrodite*, peinture de Franz von Stuck, 1922, collection particulière.

10 *Cendrillon*, illustration d'après un dessin de Frédéric Théodore Lix tiré d'une édition des Contes de Charles Perrault, Paris, Garnier Frères.

11 *Le fil de la vie*, peinture d'Emile Fabry, vers 1892, collection particulière.

12

13

« *Mais qui sont ces trois sœurs et pourquoi faut-il que le choix tombe sur la troisième ?* »
Concernant ses trois filles – Sophie, Anna et Mathilde – Freud en a parlé comme d'un «élément subjectif» ayant joué un rôle dans la composition du Motif des trois coffrets, *écrit entre 1912 et 1913.*

14

12 Sigmund Freud et sa fille Sophie vers 1919, photographie de Max Halberstadt. Collection WE. Freud.

13 Sigmund Freud et sa fille Anna en 1913 dans les Dolomites.

14 Mathilde Freud.

« *L'analyse des cas d'inquiétante étrangeté nous a ramené à l'antique conception du monde de l'animisme, qui était caractérisé par la tendance à peupler le monde d'esprits anthropomorphes...* »

15

15 Masque à figure humaine, Amérique du Nord, XIXᵉ siècle, collection particulière.

16 *Mur d'atelier*, peinture d'Adolph von Menzel, 1872, Hambourg, Hamburger Kunsthalle.

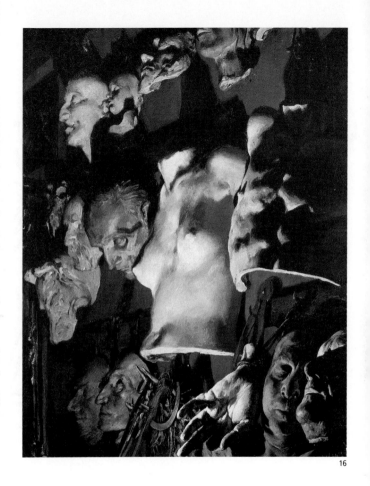

16

« *Étant donné que la quasi-totalité d'entre nous pense encore sur ce point comme les sauvages, il n'est pas étonnant que l'angoisse primitive devant la mort soit encore chez nous si puissante, et qu'elle soit prête à se manifester dès qu'une chose quelconque vient au-devant d'elle.* »

« *En effet, la conclusion du récit révèle clairement
que l'opticien Coppola est bien l'avocat Coppélius et
donc du même coup l'Homme au sable.* »

17

17 « Le père donne la bienvenue à Coppélius », illustration tirée de E.T.A. Hoffmann, *L'Homme au sable*, 1815.

19 Le jeune Goethe et son père, illustration tirée de *Poésie et Vérité*, de Johann Wolfgang von Goethe, édition de 1880, d'après un dessin d'Eugen Klimsch.

18 Le jeune Sigmund photographié avec son père, Jacob Freud en 1864.

18

19

« ...on constate en règle générale que c'est le souvenir que l'analysé met en avant, qu'il raconte en premier, par lequel il introduit la confession de sa vie, qui s'avère être le plus important, celui qui recèle les clés des tiroirs secrets de sa vie psychique. »

20

« *Il arrive même qu'on entende une patiente raconter qu'à l'âge de huit ans elle était encore persuadée qu'il eût suffi qu'elle regardât ses poupées d'une certaine manière, avec la plus grande insistance possible, pour que celles-ci devinssent vivantes.* »

20 Cire anatomique de Paolo Mascagni (1755-1815), Institut für Geschichte der Medizin, Vienne. 1IT-1387-W3

Nous nous étions demandé plus haut pourquoi la main coupée dans le trésor de Rhampsinite ne produit pas le même effet d'inquiétante étrangeté que par exemple dans l'*Histoire de la main coupée* de Hauff. La question gagne maintenant en portée, étant donné que nous avons reconnu un plus grand degré de résistance de l'inquiétante étrangeté qui puise à la source des complexes refoulés. La réponse est facile à donner. Elle est que, dans ce récit, nous ne sommes pas focalisés sur les sentiments de la princesse, mais sur la rouerie supérieure du « maître-voleur ». Il se peut qu'à ce moment-là, un sentiment d'inquiétante étrangeté n'ait pas été épargné à la princesse, nous sommes prêt à admettre comme plausible qu'elle s'est évanouie, mais nous n'éprouvons aucun sentiment de ce genre, car nous ne nous mettons pas à sa place, mais à celle de l'autre. C'est un autre agencement qui nous épargne l'impression d'inquiétante étrangeté dans la farce de Nestroy *Der Zerrissene* (*Le déchiré*), quand le fugitif, qui se prend pour un meurtrier, voit monter de chaque trappe qu'il soulève le spectre supposé de la personne assassinée, et pousse ce cri désespéré : « Mais je n'en ai tué qu'*un* ! Pourquoi cette multiplication macabre ? » Nous connaissons les conditions préalables de cette scène, nous ne partageons pas l'erreur du « déchiré », et c'est pourquoi ce qui pour lui ne peut être qu'étrangement inquiétant fait sur nous l'effet d'un comique irrésistible.

Sogar ein «wirkliches» *Gespenst* wie das in
O. Wildes Erzählung «Der Geist von Canterville»
muß all seiner Ansprüche, wenigstens Grauen zu
erregen, verlustig werden, wenn der Dichter sich
den Scherz macht, es zu ironisieren und hänseln
zu lassen. So unabhängig kann in der Welt der
Fiktion die Gefühlswirkung von der Stoffwahl
sein. In der Welt der Märchen sollen Angst-
gefühle, also auch unheimliche Gefühle überhaupt nicht erweckt werden. Wir verstehen das
und sehen darum auch über die Anlässe hinweg,
bei denen etwas Derartiges möglich wäre.

Von der Einsamkeit, Stille und Dunkelheit
können wir nichts anderes sagen, als daß dies
wirklich die Momente sind, an welche die bei
den meisten Menschen nie ganz erlöschende
Kinderangst geknüpft ist. Die psychoanalytische
Forschung hat sich mit dem Problem derselben
an anderer Stelle auseinandergesetzt.

Même un *spectre* « réel », comme dans le récit
d'O. Wilde *Le fantôme de Canterville*, doit renoncer
à toutes ses prétentions, tout au moins à susciter
de l'épouvante, quand l'auteur s'amuse à ironi-
ser sur son compte ou à le livrer aux lazzi. Tant il
est vrai que, dans le monde de la fiction, l'effet
affectif peut être indépendant du choix de la
matière. Dans le monde des contes, aucun sentiment d'angoisse ne doit être suscité, ni donc
aucun sentiment d'inquiétante étrangeté. Nous
le comprenons, et c'est d'ailleurs pourquoi nous
fermons les yeux sur les occasions dans lesquelles
cela pourrait se produire.

Quant à la solitude, au silence et à l'obscurité,
nous ne pouvons rien en dire, sinon que ce sont
là effectivement les facteurs déterminants auxquels s'attache chez la plupart des humains une
angoisse enfantine qui ne s'éteint jamais tout à
fait. La recherche psychanalytique a débattu du
problème qu'elle pose en un autre lieu[a].

NOTES

Page 29.
1. « Zur Psychologie des Unheimlichen » (1906).

a. Allusion à la Première Guerre mondiale, qui venait de se terminer.

Page 35.
1. Je dois les extraits qui suivent à l'obligeance du Dr Theodor Reik.

Page 39.
a. *Häuslichkeit* : substantif dérivé de *Haus* (« maison »).

b. Le premier élément, *wiegenlied*, de cet adjectif composé ayant pour base *heimlich* signifie « berceuse ».

Page 41.
1. Ici, comme dans ce qui suit, c'est le citateur qui souligne.

a. *Wunderheim'lig* : adjectif composé dont le premier élément, *wunder*, signifie « merveille ».

b. « Zeck » est un nom de famille.

c. Dans son sens « 2 » : *heimlich* = « secret ». Dans la langue actuelle, le mot, sous cette orthographe, n'est d'ailleurs plus guère usité que dans ce sens-là, concurremment avec *geheim*. *Heimelig* s'est spécialisé dans le premier sens.

Page 51.

a. Dans la version originale de l'article uniquement (1919), c'est le nom de Schleiermacher qui figurait ici, évidemment par erreur.

Page 55.

a. Là où le français dit : les *Contes* d'Hoffmann, l'allemand dit : *die Erzählungen*, c'est-à-dire littéralement : les «récits». C'est la traduction que nous avons retenue, sauf pour le titre de l'opéra d'Offenbach, fixé par la tradition. En effet, Freud introduit dans la suite de l'article une différence pertinente tout à fait essentielle à son propos (cf. pp. 129 et 139) entre le genre *phantastische Erzählung* et le genre *Märchen* (strictement parlant, «conte de fées»), où justement l'étrangement inquiétant est frappé de non-lieu. *Märchen* s'applique par exemple à Perrault, Grimm, etc. Il eût été trop lourd d'appuyer cette différence sur une distinction entre «conte fantastique» et «conte de fées», d'autant plus qu'on ne dit pas les «contes de fées» de Perrault, et qu'on ne rencontre pas des fées dans tous les *Märchen*. Notre traduction réservera donc le mot «conte» à la traduction de l'allemand *Märchen*.

b. «Contes nocturnes» est la traduction traditionnelle de l'allemand *Nachtstücke*. Il n'est pas indifférent de savoir qu'avant l'usage spécifique qu'en a fait pour la première fois Hoffmann, ce mot était déjà utilisé — et continue de l'être — pour désigner des œuvres musicales et picturales.

Page 57.

a. «Fantastique» traduit l'allemand *phantastisch*, qui, dans le langage freudien, s'est également spécifié dans le sens de «fantasmatique». Suivant le contexte, nous traduirons *phantastisch* par l'un ou l'autre terme. On ne peut évidemment parler d'un «récit fantasmatique de Hoffmann».

Page 65.

1. À propos de la dérivation de ce nom : *coppella* = coupelle (cf. les opérations chimiques au cours desquelles le père est victime d'un accident) ; *coppo* = orbite de l'œil (d'après une remarque de Mme Rank).

Page 69.

a. *Augenangst,* dans le texte allemand. Nous nous hasardons à traduire par «angoisse oculaire» cette expression elle-même singulière. Il faut entendre : angoisse de perdre ses yeux.

Page 71.

1. De fait, l'élaboration imaginative de l'écrivain n'a pas brassé les éléments du sujet d'une manière si échevelée qu'il soit impossible de reconstituer leur ordonnance originelle. Dans l'histoire de l'enfance, le père et Coppélius représentent l'imago du père scindée par l'ambivalence en deux parts opposées ; l'un menace d'aveugler (castration), l'autre, le bon père, demande grâce pour les yeux de l'enfant. La portion du complexe la plus atteinte par le refoulement, le désir de mort à l'endroit du mauvais père, trouve sa représentation dans la mort du bon père, qui est mise à la charge de Coppélius. Ce couple paternel a pour pendants, dans l'histoire ultérieure de la vie de l'étudiant, le professeur Spalanzani et l'opticien Coppola, le professeur étant par lui-même une figure dans une série paternelle, Coppola en tant qu'il est reconnu comme identique à l'avocat Coppélius. De même qu'autrefois ils travaillaient ensemble autour de l'âtre mystérieux,

de même ils ont maintenant fabriqué en commun la poupée Olympia ; le professeur est d'ailleurs nommé père d'Olympia. Par cette double collaboration, ils se révèlent comme étant des clivages de l'imago paternelle, c'est-à-dire que le mécanicien comme l'opticien sont le père d'Olympia aussi bien que de Nathanaël. Au cours de la scène d'effroi de l'enfance, Coppélius, après avoir renoncé à aveugler l'enfant, lui avait dévissé les bras et les jambes à titre expérimental, c'est-à-dire qu'il avait travaillé sur lui comme un mécanicien sur une poupée. Ce trait singulier, qui sort tout à fait du cadre de la représentation de l'Homme au sable, met en jeu un nouvel équivalent de la castration ; mais il signale aussi l'identité intrinsèque de Coppélius avec sa réplique ultérieure, le mécanicien Spalanzani, et il nous prépare à interpréter la figure d'Olympia. Cette poupée automatique ne peut être rien d'autre que la matérialisation de la position féminine que Nathanaël avait à l'égard de son père dans sa prime enfance. Ses pères — Spalanzani et Coppola — ne sont en effet que des rééditions, des réincarnations du couple de pères de Nathanaël ; les paroles de Spalanzani, affirmant que l'opticien a volé les yeux de Nathanaël (cf. supra), pour les insérer dans la poupée, ne peuvent se comprendre autrement et prennent leur sens comme preuve de l'identité d'Olympia et de Nathanaël. Olympia est pour ainsi dire un complexe détaché de Nathanaël qui vient à sa rencontre sous les traits d'une personne ; la domination qu'exerce sur lui ce complexe trouve son expression dans l'amour follement obsessionnel qu'il éprouve pour Olympia. Nous sommes autorisé à qualifier cet amour de narcissique et comprenons que celui qui en est la proie devienne étranger à l'objet d'amour réel. Mais la justesse psychologique de l'idée que le jeune homme fixé à son père par le complexe de castration est incapable d'aimer une femme est corroborée par de nombreuses analyses de malades, dont le contenu est certes moins fantastique, mais guère moins triste que l'histoire de l'étudiant Nathanaël.

E. T. A. Hoffman était l'enfant d'un mariage malheureux. Alors qu'il avait trois ans, son père se sépara de sa petite famille et ne reprit plus jamais la vie commune. D'après les documents que cite E. Grisebach dans son introduction biographique aux œuvres de Hoffmann, la relation au père a toujours été l'un des points les plus sensibles dans la vie affective de l'écrivain.

Page 75.

a. Par « création littéraire », nous traduisons l'allemand *Dichtung*. À partir de ce passage, Freud va faire dans la suite de l'article un large usage des mots *Dichter* et *Dichtung*, qui, dans leur acception étroite, désignent le « poète » et la « poésie », mais qui s'appliquent extensivement à l'activité littéraire en général, considérée surtout dans son aspect de création, d'élaboration, d'invention de fictions, d'un monde autre que le monde réel. On parlera des *Dichtungen* de Balzac, on dira que Musil est un grand *Dichter*, etc. Étant donné que Freud se réfère ici le plus souvent à des prosateurs, nous rendrons ces termes par « écrivain », « auteur », « création littéraire », « littérature », suivant le contexte. (Cf. aussi la Notice du traducteur).

Page 77.

1. O. Rank, *Le double* (1914).

a. Cette phrase semble être un écho de Nietzsche, toutefois non littéral. Nietzsche écrit « ewige Wiederkunft ». Dans le chapitre III d'*Au-delà du principe de plaisir* (1920), Freud met une formule similaire, « éternel retour du même », entre guillemets.

Page 79.
    a. Cf. *L'interprétation du rêve*, p. 307.

Page 81.
    1. Je crois que quand les poètes se plaignent de ce que deux âmes habitent en l'homme[a], et quand les vulgarisateurs de psychologie parlent du clivage du moi en l'homme, c'est ce dédoublement, ressortissant à la psychologie du moi, entre l'instance critique et le reste du moi, qu'ils ont en tête, et non l'opposition, mise au jour par la psychanalyse, entre le moi et le refoulé inconscient. Il est vrai que cette distinction est estompée par le fait que parmi ce qui est rejeté par la critique venue du moi se trouvent en premier lieu les rejetons de l'inconscient.
    2. Dans le récit de H. H. Ewers, « L'étudiant de Prague », dont part l'étude de Rank sur le double, le héros a promis à sa fiancée de ne pas tuer son adversaire en duel. Mais alors qu'il se rend sur le terrain, il rencontre son double, qui a déjà supprimé son rival[b].
    a. Freud transpose ici à peu près littéralement le vers 1112 du *Premier Faust* de Goethe :
        Zwei Seelen wohnen, ach ! in meiner Brust...
        (« Deux âmes, hélas, habitent en mon sein... »)
    b. Pour les cinéphiles, signalons que ce même récit a donné lieu à deux films expressionnistes allemands portant le même titre : l'un réalisé en 1913 par Stellan Rye, l'autre en 1926 par Henrik Galeen.

Page 85.
    a. Mark Twain, *A Tramp Abroad*, Londres, 1880, *1*, 107.

Page 87.
    a. Freud lui-même avait atteint l'âge de soixante-deux ans un an plus tôt, en 1918.

Page 89.

1. P. Kammerer, *Das Gesetz der Serie* (*La loi de la série*), 1919.

a. C'est ce qui a été publié un an plus tard sous le titre *Au-delà du principe de plaisir*. Les différentes manifestations de la «compulsion de répétition» énumérées ici sont développées dans les chapitres II et III de cet ouvrage. La «compulsion de répétition» avait déjà été décrite par Freud en tant que phénomène clinique dans un article technique publié cinq ans auparavant («Remémorer, répéter et perlaborer»).

Page 91.

1. Freud (l'«Homme aux rats»).

a. Célèbre ballade de Schiller inspirée d'Hérodote.

Page 93.

1. *Der böse Blick und Verwandtes* (*Le mauvais œil et phénomènes apparentés*), 1910 et 1911.

Page 95.

a. Il s'agit du patient obsessionnel auquel il a été fait allusion un peu plus haut, l'«Homme aux rats» (Freud).

Page 97.

1. Cf. à ce propos la section III «Animisme, magie et toute-puissance des pensées» dans mon livre *Totem et tabou.* On y trouve également cette remarque : «Il semble que nous conférions le caractère d'*Unheimlich* à des impressions qui tendent à confirmer la toute-puissance des pensées et le mode de pensée animiste en général, alors que nous nous sommes déjà détournés d'eux dans le jugement.»

Page 101.

a. La phrase de Freud perd un peu de son sens en

traduction. Elle dit en effet que beaucoup de langues
autres que l'allemand doivent recourir à la *périphrase* :
« *ein Haus, in dem es spukt* », soit littéralement en français : « une maison hantée ». Par un plaisant retour des
choses, il se trouve que la locution française n'est justement pas, pour une fois, périphrastique.

b. Ce problème occupe une place importante dans
Au-delà du principe de plaisir que Freud écrivait au
même moment que « L'inquiétante étrangeté ».

c. Freud a discuté plus amplement de l'attitude de
l'individu face à la mort dans son article « Considérations actuelles sur la guerre et la mort ».

Page 105.
1. Cf. « Le tabou et l'ambivalence » dans *Totem et
tabou* (1912-1913).
a. Littéralement « jeteur » (de sorts). Le roman de
Schaeffer a été publié en 1918.

Page 107.
a. Goethe, *Faust*, I, vv. 3540-3541. Il n'est pas ininté-
ressant de noter que la citation de Freud est inexacte.
L'original dit : « Sie *fühlt*, daß ich ganz sicher ein
Genie, / Vielleicht wohl gar der Teufel bin. » *Ahnt*
(pressent) va mieux dans le sens de l'inquiétante
étrangeté que *fühlt* (sent).

Page 109.
a. Voir la section VIII de l'analyse de l'« Homme
aux loups ».

Page 113.
a. On notera, en se reportant au texte original ci-
contre, que Freud joue dans ce paragraphe de divers
mots formés sur la racine *heim*.

Page 123.

1. Étant donné que l'inquiétante étrangeté du double appartient à cette catégorie, il sera intéressant d'apprendre l'effet que produit le fait de nous trouver face à face, involontairement et inopinément, avec l'image de notre propre personne. E. Mach relate deux observations de ce type dans son *Analyse der Empfindungen* (*Analyse des sensations*), 1900, page 3. Dans le premier cas, quelle ne fut pas sa frayeur quand il reconnut que le visage qu'il voyait était le sien ; et dans le second, il porta un jugement très défavorable sur la personne apparemment inconnue qui montait dans son omnibus : «Qu'est-ce que cette espèce de pédant déchu qui monte là ?» — Je peux faire état d'une aventure analogue : j'étais assis tout seul dans un compartiment de wagon-lit, lorsque, sous l'effet d'un cahot un peu plus rude que les autres, la porte qui menait aux toilettes attenantes s'ouvrit, et un monsieur d'un certain âge en robe de chambre, le bonnet de voyage sur la tête, entra chez moi. Je supposai qu'il s'était trompé de direction en quittant le cabinet qui se trouvait entre deux compartiments et qu'il était entré dans mon compartiment par erreur ; je me levai précipitamment pour le détromper, mais m'aperçus bientôt, abasourdi, que l'intrus était ma propre image renvoyée par le miroir de la porte intermédiaire. Je sais encore que cette apparition m'avait foncièrement déplu. Au lieu donc de nous effrayer de notre double, nous ne l'avions, Mach et moi, tout simplement pas reconnu. Mais le déplaisir que nous y trouvions n'était-il pas tout de même un reste de cette réaction archaïque qui ressent le double comme une figure étrangement inquiétante ?

Page 139.

a. Cf. *Trois essais sur la théorie sexuelle*, III, «La découverte de l'objet».

Das Motiv
der Kästchenwahl[a]

Le motif du choix
des coffrets

a. Première édition
Imago, tome 2 (3) (1913)
Éditions courantes :
Gesammelte Werke, tome 10 (1947), Fischer Verlag.
Werke im Taschenbuch, Fischer Verlag, nº 10456, Der
Moses des Michelangelo.
Dans une lettre à Ferenczi (7 juillet 1913), Freud parle du
fait d'avoir trois filles comme d'un «élément subjectif» ayant
joué un rôle dans la composition de cet article.

I

Zwei Szenen aus Shakespeare, eine heitere und tragische, haben mir kürzlich den Anlaß zu einer kleinen Problemstellung und Lösung gegeben.

Die heitere ist die Wahl der Freier zwischen drei Kästchen im «Kaufmann von Venedig». Die schöne und kluge Porzia ist durch den Willen ihres Vaters gebunden, nur den von ihren Bewerbern zum Manne zu nehmen, der von drei ihm vorgelegten Kästchen das richtige wählt. Die drei Kästchen sind von Gold, von Silber und von Blei; das richtige ist jenes, welches ihr Bildnis einschließt. Zwei Bewerber sind bereits erfolglos abgezogen, sie hatten Gold und Silber gewählt. Bassanio, der dritte, entscheidet sich für das Blei; er gewinnt damit die Braut, deren Neigung ihm bereits vor der Schicksalsprobe gehört hat. Jeder der Freier hatte seine Entscheidung durch eine Rede motiviert, in welcher er das von ihm bevorzugte Metall anpries, während er die beiden anderen herabsetzte. Die schwerste Aufgabe war dabei dem glücklichen dritten Freier zugefallen;

Deux scènes de Shakespeare, l'une gaie, l'autre tragique, m'ont fourni récemment l'occasion de poser un petit problème et de le résoudre.

La scène gaie est celle du choix des prétendants entre trois coffrets dans *Le marchand de Venise*. La belle et intelligente Portia est tenue de par la volonté de son père de ne prendre pour époux que celui de ses soupirants qui choisira le bon parmi trois coffrets qui lui seront proposés. Les trois coffrets sont d'or, d'argent et de plomb ; le bon est celui qui renferme le portrait de la jeune fille. Deux soupirants sont déjà repartis bredouilles, pour avoir choisi l'or et l'argent. Bassanio, le troisième, se décide pour le plomb ; il gagne ainsi une fiancée, dont l'inclination lui était acquise dès avant l'épreuve fatidique. Chacun des prétendants avait motivé sa décision par un discours dans lequel il vantait le métal préféré par lui, tandis qu'il rabaissait les deux autres. La tâche la plus ardue avait échu de ce fait à l'heureux troisième prétendant ;

was er zur Verherrlichung des Bleis gegen Gold und Silber sagen kann, ist wenig und klingt gezwungen. Stünden wir in der psychoanalytischen Praxis vor solcher Rede, so würden wir hinter der unbefriedigenden Begründung geheimgehaltene Motive wittern.

Shakespeare hat das Orakel der Kästchenwahl nicht selbst erfunden, er nahm es aus einer Erzählung der «Gesta Romanorum», in welcher ein Mädchen dieselbe Wahl vornimmt, um den Sohn des Kaisers zu gewinnen. Auch hier ist das dritte Metall, das Blei, das Glückbringende. Es ist nicht schwer zu erraten, daß hier ein altes Motiv vorliegt, welches nach Deutung, Ableitung und Zurückführung verlangt. Eine erste Vermutung, was wohl die Wahl zwischen Gold, Silber und Blei bedeuten möge, findet bald Bestätigung durch eine Äußerung von Ed. Stucken, der sich in weitausgreifendem Zusammenhang mit dem nämlichen Stoffe beschäftigt. Er sagt : «Wer die drei Freier Porzias sind, erhellt aus dem, was sie wählen : Der Prinz von Marokko wählt den goldenen Kasten : er ist die Sonne ; der Prinz von Arragon wählt den silbernen Kasten : er ist der Mond ; Bassanio wählt den bleiernen Kasten : er ist der Sternenknabe.» Zur Unterstützung dieser Deutung zitiert er eine Episode aus dem estnischen Volksepos *Kalewipoeg*, in welcher die drei Freier unverkleidet als Sonnen-, Mond- und Sternenjüngling («des Polarsterns ältestes Söhnchen») auftreten und die Braut wiederum dem Dritten zufällt.

ce qu'il peut dire pour magnifier le plomb contre l'or et l'argent est peu de chose et paraît forcé. Si, dans la pratique analytique, nous étions confronté à un tel discours, nous pressentirions, derrière cette justification peu satisfaisante, des motifs gardés secrets.

Ce n'est pas Shakespeare qui a inventé l'oracle du choix des coffrets, il l'a repris d'un récit des *Gesta Romanorum*[a], dans lequel c'est une jeune fille qui procède au même choix pour gagner le fils de l'empereur[1]. Ici aussi, c'est le troisième métal, le plomb, qui porte bonheur. Il n'est pas difficile de deviner que nous avons affaire ici à un motif ancien qui appelle interprétation, dérivation et remontée aux sources. Une première conjecture sur ce que pourrait bien signifier le choix entre or, argent et plomb se trouve rapidement confirmée par une assertion d'Ed. Stucken[2], qui s'occupe du même sujet dans un contexte qui le déborde largement. Il dit : « L'identité des trois prétendants de Portia ressort clairement de ce qu'ils choisissent : le prince du Maroc choisit le coffre d'or : il est le soleil ; le prince d'Aragon choisit le coffre d'argent : il est la lune ; Bassanio choisit le coffre de plomb : il est l'enfant des étoiles. » À l'appui de cette interprétation, il cite un épisode de l'épopée populaire estonienne *Kalewipoeg*, dans laquelle les trois prétendants apparaissent de manière non déguisée comme les jeunes hommes du soleil, de la lune et des étoiles (« le petit aîné de l'étoile polaire ») et où la fiancée, cette fois encore, échoit au troisième.

So führte also unser kleines Problem auf einen Astralmythus! Nur schade, daß wir mit dieser Aufklärung nicht zu Ende gekommen sind. Das Fragen setzt sich weiter fort, denn wir glauben nicht mit manchen Mythenforschern, daß die Mythen von Himmel herabgelesen worden sind, vielmehr urteilen wir mit O. Rank, daß sie auf den Himmel projiziert wurden, nachdem sie anderswo unter rein menschlichen Bedingungen entstanden waren. Diesem menschlichen Inhalte gilt aber unser Interesse.

Fassen wir unseren Stoff nochmals ins Auge. Im estnischen Epos wie in der Erzählung der *Gesta Romanorum* handelt es sich um die Wahl eines Mädchens zwischen drei Freiern, in der Szene des «Kaufmann von Venedig» anscheinend um das nämliche, aber gleichzeitig tritt an dieser letzten Stelle etwas wie eine Umkehrung des Motivs auf: Ein Mann wählt zwischen drei — Kästchen. Wenn wir es mit einem Traum zu tun hätten, würden wir sofort daran denken, daß die Kästchen auch Frauen sind, Symbole des Wesentlichen an der Frau und darum der Frau selbst, wie Büchsen, Dosen, Schachteln, Körbe usw. Gestatten wir uns eine solche symbolische Ersetzung auch beim Mythus anzunehmen, so wird die Kästchenszene im «Kaufmann von Venedig» wirklich zur Umkehrung, die wir vermutet haben.

Notre petit problème nous conduirait donc ainsi vers un mythe astral ! Il est seulement dommage qu'avec cet éclaircissement nous ne soyons pas au bout de nos peines. Notre interrogation rebondit, car nous ne croyons pas, à l'instar de maints mythologues, que les mythes ont été déchiffrés dans le ciel ; nous jugeons plutôt, avec Otto Rank[1], qu'ils ont été projetés sur le ciel après être nés ailleurs, au sein de conditions purement humaines. Or c'est sur ce contenu humain que porte notre intérêt.

Examinons encore attentivement notre matière. Tant dans l'épopée estonienne que dans le récit des *Gesta Romanorum*, il s'agit du choix opéré par une jeune fille entre trois prétendants ; dans la scène du *Marchand de Venise*, il s'agit apparemment de la même chose, à ceci près qu'en ce dernier point surgit quelque chose comme une inversion du motif : un homme choisit entre trois… coffrets. Si nous avions affaire à un rêve, nous penserions aussitôt que les coffrets sont aussi des femmes, des symboles de ce qui est l'essentiel en la femme, et par suite de la femme elle-même, comme les boîtes, étuis, écrins, corbeilles, etc. Si nous nous autorisons à faire l'hypothèse, également dans le mythe, d'une substitution symbolique de ce genre, alors la scène des coffrets dans *Le marchand de Venise* devient effectivement l'inversion que nous avions conjecturée.

Mit einem Rucke, wie er sonst nur im Märchen beschrieben wird, haben wir unserem Thema das astrale Gewand abgestreift und sehen nun, es behandelt ein menschliches Motiv, die *Wahl eines Mannes zwischen drei Frauen*.

Dasselbe ist aber der Inhalt einer anderen Szene Shakespeares in einem der erschütterndsten seiner Dramen, keine Brautwahl diesmal, aber doch durch so viel geheime Ähnlichkeiten mit der Kästchenwahl im «Kaufmann» verknüpft. Der alte König Lear beschließt, noch bei Lebzeiten sein Reich unter seine drei Töchter zu verteilen, je nach Maßgabe der Liebe, die sie für ihn äußern. Die beiden älteren, Goneril und Regan, erschöpfen sich in Beteuerungen und Anpreisungen ihrer Liebe, die dritte, Cordelia, weigert sich dessen. Er hätte diese unscheinbare, wortlose Liebe der Dritten erkennen und belohnen sollen, aber er verkennt sie, verstößt Cordelia und teilt das Reich unter die beiden anderen, zu seinem und aller Unheil. Ist das nicht wieder eine Szene der Wahl zwischen drei Frauen, von denen die jüngste die beste, die vorzüglichste ist?

Sofort fallen uns nun aus Mythus, Märchen und Dichtung andere Szenen ein, welche die nämliche Situation zum Inhalt haben: Der Hirte Paris hat die Wahl zwischen drei Göttinnen, von denen er die dritte zur Schönsten erklärt. Aschenputtel ist eine ebensolche Jüngste, die der Königssohn den beiden Älteren vorzieht,

D'un seul coup, comme cela n'arrive d'ordinaire que dans les contes, nous avons dépouillé notre thème de son vêtement astral et nous voyons à présent qu'il traite un motif humain, le *choix que fait un homme entre trois femmes.*

Mais ce motif est aussi l'objet d'une autre scène de Shakespeare dans l'un des plus bouleversants de ses drames ; il ne s'agit pas du choix d'une fiancée cette fois, mais pourtant le motif est lié par maintes analogies secrètes au choix des coffrets dans le *Marchand*. Le vieux roi Lear décide, de son vivant encore, de partager son royaume entre ses trois filles, proportionnellement à l'amour qu'elles lui témoigneront. Les deux aînées, Goneril et Régane, s'épuisent en protestations et exaltations de leur amour, la troisième, Cordélia, s'y refuse. Lear aurait dû reconnaître et récompenser cet amour discret et muet de la troisième ; mais il le méconnaît, repousse Cordélia, et partage le royaume entre les deux autres, pour son malheur et celui de tous. N'est-ce pas à nouveau une scène de choix entre trois femmes, dont la plus jeune est la meilleure, la plus digne d'être préférée ?

Et voici qu'aussitôt, issues de mythes, de contes et d'œuvres littéraires, nous viennent à l'esprit d'autres scènes qui ont pour objet la même situation : le berger Pâris a le choix entre trois déesses dont il déclare la troisième la plus belle. Cendrillon est de la même manière une cadette que le fils du roi préfère aux deux aînées ;

Psyche im Märchen des Apulejus ist die jüngste
und schönste von drei Schwestern, Psyche, die
einerseits als menschlich gewordene Aphrodite
verehrt wird, anderseits von dieser Göttin behandelt wird wie Aschenputtel von ihrer Stiefmutter,
einen vermischten Haufen von Samenkörnern
schlichten soll und es mit Hilfe von kleinen
Tieren (Tauben bei Aschenputtel, Ameisen bei
Psyche) zustandebringt. Wer sich weiter im Mate-
riale umsehen wollte, würde gewiß noch andere
Gestaltungen desselben Motivs mit Erhaltung
derselben wesentlichen Züge auffinden können.

Begnügen wird uns mit Cordelia, Aphrodite,
Aschenputtel und Psyche! Die drei Frauen, von
denen die dritte die vorzüglichste ist, sind wohl
als irgendwie gleichartig aufzufassen, wenn sie als
Schwestern vorgeführt werden. Es soll uns nicht
irre machen, wenn es bei Lear die drei Töchter
des Wählenden sind, das bedeutet vielleicht
nichts anderes, als daß Lear als alter Mann dargestellt werden soll. Den alten Mann kann man
nicht leicht anders zwischen drei Frauen wählen
lassen; darum werden diese zu seinen Töchtern.

Wer sind aber diese drei Schwestern und warum
muß die Wahl auf die dritte fallen? Wenn wir
diese Frage beantworten könnten, wären wir im
Besitze der gesuchten Deutung.

Psyché, dans le conte d'Apulée, est la plus jeune
et la plus belle des trois sœurs, Psyché, qui est
d'une part vénérée comme une Aphrodite devenue humaine, qui est d'autre part traitée par cette
déesse comme Cendrillon par sa belle-mère, doit
trier un tas de graines de semences mélangées et
y parvient grâce à l'aide de petits animaux (des
pigeons dans le cas de Cendrillon[a], des fourmis
dans le cas de Psyché[1]). Quiconque voudrait se
livrer à de plus amples investigations trouverait
sans doute encore d'autres élaborations du même
motif où seraient conservés les mêmes traits
essentiels.

Contentons-nous de Cordélia, Aphrodite, Cendrillon et Psyché. Les trois femmes, dont la troisième emporte la préférence, doivent sans doute
être conçues comme faisant en quelque sorte
partie de la même espèce, puisqu'elles sont présentées comme des sœurs. Nous ne devons pas
nous laisser déconcerter par le fait qu'il s'agit,
dans le cas de Lear, des trois filles de l'homme
qui choisit ; peut-être cela ne signifie-t-il rien
d'autre que le fait que Lear doit être représenté
comme un homme âgé. Il n'est pas facile de
mettre autrement en scène le choix d'un homme
âgé entre trois femmes ; c'est pour cette raison
que celles-ci deviennent ses filles.

Mais qui sont ces trois sœurs et pourquoi faut-
il que le choix tombe sur la troisième ? Si nous
pouvions répondre à cette question, nous serions
en possession de l'interprétation recherchée.

Nun haben wir uns bereits einmal der Anwendung psychoanalytischer Techniken bedient, als wir uns die drei Kästchen symbolisch als drei Frauen aufklärten. Haben wir den Mut, ein solches Verfahren fortzusetzen, so betreten wir einen Weg, der zunächst ins Unvorhergesehene, Unbegreifliche, auf Umwegen vielleicht zu einem Ziele führt.

Es darf uns auffallen, daß jene vorzügliche Dritte in mehreren Fällen außer ihrer Schönheit noch gewisse Besonderheiten hat. Es sind Eigenschaften, die nach irgend einer Einheit zu streben scheinen; wir dürfen gewiß nicht erwarten, sie in allen Beispielen gleich gut ausgeprägt zu finden. Cordelia macht sich unkenntlich, unscheinbar wie das Blei, sie bleibt stumm, sie «liebt und schweigt». Aschenputtel verbirgt sich, so daß sie nicht aufzufinden ist. Wir dürfen vielleicht das Sichverbergen dem Verstummen gleichsetzen. Dies wären allerdings nur zwei Fälle von den fünf, die wir herausgesucht haben. Aber eine Andeutung davon findet sich merkwürdigerweise auch noch bei zwei anderen. Wir haben uns ja entschlossen, die widerspenstig ablehnende Cordelia dem Blei zu vergleichen. Von diesem heißt es in der kurzen Rede des Bassanio während der Kästchenwahl, eigentlich so ganz unvermittelt:

Thy paleness moves me more than eloquence
(plainness nach anderer Leseart).

Or nous avons déjà eu recours une fois à des techniques psychanalytiques lorsque nous avons élucidé les trois coffrets comme symbolisant trois femmes. Si nous avons le courage de poursuivre avec ce procédé, nous nous engageons sur un chemin qui nous conduit d'abord au sein de l'imprévu, de l'incompréhensible, peut-être, au prix de détours, à une destination.

Nous pouvons être frappé par le fait que cette troisième personne digne d'être préférée possède dans plusieurs cas, outre sa beauté, d'autres particularités encore. Ce sont des qualités qui semblent tendre à quelque unité ; nous ne devons pas nous attendre, il est vrai, à les trouver marquées avec une égale netteté dans tous les exemples. Cordélia se fait effacée, terne comme le plomb, elle reste muette, elle « aime et se tait[a] ». Cendrillon se cache, de sorte qu'on ne peut la trouver. Peut-être sommes-nous autorisé à mettre en équivalence le se-cacher et le se-taire. Il est vrai que cela ne constituerait que deux cas sur les cinq que nous avons sélectionnés. Mais il est remarquable qu'un indice de cela se rencontre encore aussi dans deux autres. En effet, nous avons résolu de comparer Cordélia, crispée dans son refus, au plomb. À propos de ce dernier il est dit, dans le bref discours de Bassanio au cours du choix des coffrets, à vrai dire comme cela, sans transition :

Thy paleness moves me more than eloquence
(*plainness* suivant une autre leçon)[b].

Also : Deine Schlichtheit geht mir näher als der beiden anderen schreiendes Wesen. Gold und Silber sind «laut», das Blei ist stumm, wirklich wie Cordelia, die «liebt und schweigt».

In den altgriechischen Erzählungen des Parisurteils ist von einer solchen Zurückhaltung der Aphrodite nichts enthalten. Jede der drei Göttinnen spricht zu dem Jüngling und sucht ihn durch Verheißungen zu gewinnen. Aber in einer ganz modernen Bearbeitung derselben Szene kommt der uns auffällig gewordene Zug der Dritten sonderbarerweise wieder zum Vorschein. Im Libretto der «Schönen Helena» erzählt Paris, nachdem er von den Werbungen der beiden anderen Göttinnen berichtet, wie sich Aphrodite in diesem Wettkampfe um den Schönheitspreis benommen :

> Und die Dritte — ja die Dritte —
> Stand daneben und blieb *stumm*.
> Ihr mußt' ich den Apfel geben usw.

Entschließen wir uns, die Eigentümlichkeiten unserer Dritten in der «Stummheit» konzentriert zu sehen, so sagt uns die Psychoanalyse : Stummheit ist im Traume eine gebräuchliche Darstellung des Todes.

Vor mehr als zehn Jahren teilte mir ein hochintelligenter Mann einen Traum mit, den er als Beweis für die telepathische Natur der Träume verwerten wollte.

C'est-à-dire : «Ta simplicité me touche plus que la manière d'être criarde des deux autres.» L'or et l'argent sont «tapageurs», le plomb est muet, tout à fait comme Cordélia, qui «aime et se tait[1]».

Dans les récits que l'Antiquité grecque fait du jugement de Pâris, rien n'est dit d'une semblable réserve de la part d'Aphrodite. Chacune des trois déesses parle à l'éphèbe et cherche à se le gagner par des promesses. Mais dans un remaniement tout à fait moderne de la même scène, le trait caractéristique de la troisième qui a retenu notre attention se refait jour d'une singulière façon. Dans le livret de *La belle Hélène*[a], Pâris, après avoir relaté les avances des deux autres déesses, raconte comment s'est comportée Aphrodite dans ce concours de beauté :

> *La troisième, ah ! la troisième…*
> *La troisième* ne dit rien.
> *Elle eut le prix tout de même,* etc.

Si nous nous résolvons à voir les particularités de notre troisième résumées dans le «mutisme», alors la psychanalyse nous dit : le mutisme est dans le rêve une représentation usuelle de la mort[2].

Il y a plus de dix ans, un homme d'une grande intelligence m'a fait part d'un rêve dont il voulait se servir pour démontrer la nature télépathique des rêves.

Er sah einen abwesenden Freund, von dem er
überlange keine Nachricht erhalten hatte, und
machte ihm eindringliche Vorwürfe über sein
Stillschweigen. Der Freund gab keine Antwort.
Es stellte sich dann heraus, daß er ungefähr um
die Zeit dieses Traumes durch Selbstmord geen-
det hatte. Lassen wir das Problem der Telepathie
beiseite; daß die Stummheit im Traume zur
Darstellung des Todes wird, scheint hier nicht
zweifelhaft. Auch das Sichverbergen, Unauffind-
barsein, wie es der Märchenprinz dreimal beim
Aschenputtel erlebt, ist im Traume ein unver-
kennbares Todessymbol; nicht minder die auffällige Blässe, an welche die *paleness* des Bleis in der
einen Leseart des Shakespeareschen Textes erin-
nert. Die Übertragung dieser Deutungen aus der
Sprache des Traumes auf die Ausdrucksweise
des uns beschäftigenden Mythus wird uns aber
wesentlich erleichtert, wenn wir wahrscheinlich
machen können, daß die Stummheit auch in
anderen Produktionen, die nicht Träume sind,
als Zeichen des Totseins gedeutet werden muß.

Ich greife hier das neunte der Grimmschen
Volksmärchen heraus, welches die Überschrift
hat : «Die zwölf Brüder.» Ein König und eine
Königin hatten zwölf Kinder, lauter Buben. Da
sagte der König, wenn das dreizehnte Kind ein
Mädchen ist, müssen die Buben sterben. In
Erwartung dieser Geburt läßt er zwölf Särge
machen. Die zwölf Söhne flüchten sich mit Hilfe
der Mutter in einen versteckten Wald und schwö-
ren jedem Mädchen den Tod, das sie begegnen
sollten.

Il voyait un ami absent dont il n'avait pas reçu de nouvelles depuis très longtemps, et il lui faisait des reproches acerbes sur son silence. L'ami ne donnait pas de réponse. Or il s'avéra par la suite qu'à peu près au moment de ce rêve, il avait mis fin à ses jours par un suicide. Laissons de côté le problème de la télépathie[a]; que le mutisme devienne dans le rêve la représentation de la mort, cela semble ne pas faire ici de doute. De même, le fait de se cacher, de rester introuvable, comme le prince charmant en fait trois fois l'expérience avec Cendrillon, est dans le rêve un symbole de mort qu'on ne peut méconnaître; non moins que la pâleur frappante à laquelle fait penser la *paleness* du plomb dans une des leçons du texte de Shakespeare[1]. Mais le transfert de ces interprétations de la langue du rêve au mode d'expression du mythe, qui nous occupe ici, sera pour l'essentiel facilité si nous pouvons rendre plausible que le mutisme doit être nécessairement interprété comme signe de l'état de mort dans d'autres productions aussi, qui ne sont pas des rêves.

J'aurai ici recours au neuvième des contes populaires de Grimm, qui a pour titre : «Les douze frères». Un roi et une reine avaient douze enfants, rien que des garçons. Alors le roi dit : Si le treizième enfant est une fille, les garçons devront mourir. Dans l'attente de cette naissance, il fait faire douze cercueils. Les douze fils se réfugient à l'aide de leur mère dans une forêt retirée et jurent de tuer toute fille qu'ils pourraient rencontrer.

Ein Mädchen wird geboren, wächst heran und erfährt einmal von der Mutter, daß es zwölf Brüder gehabt hat. Es beschließt sie aufzusuchen, und findet im Walde den Jüngsten, der sie erkennt, aber verbergen möchte wegen des Eides der Brüder. Die Schwester sagt : Ich will gerne sterben, wenn ich damit meine zwölf Brüder erlösen kann. Die Brüder nehmen sie aber herzlich auf, sie bleibt bei ihnen und besorgt ihnen das Haus.

In einem kleinen Garten bei dem Hause wachsen zwölf Lilienblumen; die bricht das Mädchen ab, um jedem Bruder eine zu schenken. In diesem Augenblicke werden die Brüder in Raben verwandelt und verschwinden mit Haus und Garten. — Die Raben sind Seelenvögel, die Tötung der zwölf Brüder durch ihre Schwester wird durch das Abpflücken der Blumen von neuem dargestellt wie zu Eingang durch die Särge und das Verschwinden der Brüder. Das Mädchen, das wiederum bereit ist, seine Brüder vom Tode zu erlösen, erfährt nun als Bedingung, daß sie sieben Jahre stumm sein muss, kein einziges Wort sprechen darf. Sie unterzieht sich dieser Probe, durch die sie selbst in Lebensgefahr gerät, d. h. sie stirbt selbst für die Brüder, wie sie es vor dem Zusammentreffen mit den Brüdern gelobt hat. Durch die Einhaltung der Stummheit gelingt ihr endlich die Erlösung der Raben.

Ganz ähnlich werden im Märchen von den «sechs Schwänen» die in Vögel verwandelten Brüder durch die Stummheit der Schwester erlöst, d. h. wiederbelebt.

C'est une fille qui naît, qui grandit et qui apprend un jour de sa mère qu'elle a eu douze frères. Elle décide de se mettre à leur recherche, et trouve dans la forêt le cadet qui la reconnaît, mais voudrait la cacher à cause du serment des frères. La sœur dit : Je veux bien mourir, si par là je peux racheter mes douze frères. Mais les frères l'accueillent avec cordialité ; elle reste auprès d'eux et s'occupe de leur maison.

Dans un petit jardin près de la maison poussent douze fleurs de lis ; la jeune fille les cueille pour en offrir une à chaque frère. À cet instant, les frères sont transformés en corbeaux et disparaissent avec la maison et le jardin. Les corbeaux sont des oiseaux-âmes, le meurtre des douze frères par leur sœur est à nouveau représenté par la cueillette des fleurs, de même qu'au début par les cercueils et la disparition des frères. La jeune fille, qui est derechef prête à racheter ses frères de la mort, apprend maintenant qu'elle devra pour cela rester muette pendant sept ans, ne prononcer aucune parole. Elle se soumet à cette épreuve, par laquelle elle se met elle-même en danger de mort, c'est-à-dire qu'elle meurt elle-même pour ses frères comme elle en avait fait le vœu avant de les rencontrer. En observant le mutisme, elle réussit enfin à délivrer les corbeaux.

De manière tout à fait analogue, dans le conte des « Six cygnes », les frères transformés en oiseaux sont délivrés, c'est-à-dire ranimés par le mutisme de leur sœur.

Das Mädchen hat den festen Entschluß gefaßt, seine Brüder zu erlösen, und «wenn es auch sein Leben kostete» und bringt als Gemahlin des Königs wiederum ihr eigenes Leben in Gefahr, weil sie gegen böse Anklagen ihre Stummheit nicht aufgeben will.

Wir würden sicherlich aus den Märchen noch andere Beweise erbringen können, daß die Stummheit als Darstellung des Todes verstanden werden muß. Wenn wir diesen Anzeichen folgen dürfen, so wäre die dritte unserer Schwestern, zwischen denen die Wahl stattfindet, eine Tote. Sie kann aber auch etwas anderes sein, nämlich der Tod selbst, die Todesgöttin. Vermöge einer gar nicht seltenen Verschiebung werden die Eigenschaften, die eine Gottheit den Menschen zuteilt, ihr selbst zugeschrieben. Am wenigsten wird uns solche Verschiebung bei der Todesgöttin befremden, denn in der modernen Auffassung und Darstellung, die hier vorweggenommen würde, ist der Tod selbst nur ein Toter.

Wenn aber die dritte der Schwestern die Todesgöttin ist, so kennen wir die Schwestern. Es sind die Schicksalsschwestern, die Moiren oder Parzen oder Nornen, deren dritte Atropos heißt : die Unerbittliche.

La jeune fille a pris la ferme décision de délivrer ses frères, et « quand il en irait de sa vie », et, devenue l'épouse du roi, elle met sa propre vie en danger, parce que, en dépit d'accusations malveillantes, elle ne veut pas renoncer à son mutisme.

Nous pourrions certainement tirer encore des contes d'autres preuves montrant qu'il faut comprendre le mutisme comme une figuration de la mort. Si nous avons le droit de suivre ces indices, la troisième de nos sœurs, entre lesquelles a lieu le choix, serait une morte. Mais elle peut aussi être autre chose, à savoir la mort elle-même, la déesse de la mort. En vertu d'un déplacement qui est loin d'être rare, les qualités qu'une divinité assigne aux humains lui sont attribuées à elle-même. C'est dans le cas de la déesse de la mort qu'un tel déplacement devrait le moins nous déconcerter, car dans la conception et la figuration modernes, dont le cas présent serait l'anticipation, la mort elle-même n'est qu'un mort.

Mais si la troisième des sœurs est la déesse de la mort, alors nous connaissons les sœurs. Ce sont les sœurs symboles du destin, les Moires ou Parques ou Nornes, dont la troisième s'appelle Atropos[a] : l'Inexorable.

II

Stellen wir die Sorge, wie die gefundene Deutung in unseren Mythus einzufügen ist, einstweilen beiseite, und holen wir uns bei den Mythologen Belehrung über Rolle und Herkunft der Schicksalsgöttinnen.

Die älteste griechische Mythologie kennt nur eine Μοῖρα als Personifikation des unentrinnbaren Schicksals (bei Homer). Die Fortentwicklung dieser einen Moira zu einem Schwesterverein von drei (seltener zwei) Gottheiten erfolgte wahrscheinlich in Anlehnung an andere Göttergestalten, denen die Moiren nahestehen, die Chariten und die Horen.

Die Horen sind ursprünglich Gottheiten der himmlischen Gewässer, die Regen und Tau spenden, der Wolken, aus denen der Regen niederfällt, und da diese Wolken als Gespinst erfaßt werden, ergibt sich für diese Göttinnen der Charakter der Spinnerinnen, der dann an den Moiren fixiert wird. In den von der Sonne verwöhnten Mittelmeerländern ist es der Regen, von dem die Fruchtbarkeit des Bodens abhängig wird, und darum wandeln sich die Horen zu Vegetationsgottheiten. Man dankt ihnen die Schönheit der Blumen und den Reichtum der Früchte, stattet sie mit einer Fülle von liebenswürdigen und anmutigen Zügen aus. Sie werden zu den göttlichen Vertreterinnen der Jahreszeiten und erwerben vielleicht durch diese Beziehung ihre Dreizahl, wenn die heilige Natur der Drei zu deren Aufklärung nicht genügen sollte.

II

Laissons provisoirement de côté le souci de savoir comment il convient d'intégrer à notre mythe l'interprétation que nous avons trouvée, et allons chercher chez les mythologues quelques enseignements sur le rôle et l'origine des déesses du destin[1].

La mythologie grecque la plus ancienne ne connaît qu'une Μοῖρα en tant que personnification du destin inéluctable (chez Homère). L'évolution de cette Moire unique vers un groupe sororal de trois (plus rarement deux) divinités s'est sans doute produite par analogie avec d'autres figures divines dont les Moires étaient proches, les Charites et les Heures.

Les Heures sont à l'origine des divinités des eaux célestes qui dispensent la pluie et la rosée, des nuages d'où tombe la pluie ; et du fait que ces nuages sont appréhendés comme un tissu, il en résulte pour ces déesses le caractère de fileuses, qui se fixe ensuite sur les Moires. Dans les contrées méditerranéennes choyées par le soleil, c'est de la pluie que la fertilité du sol devient dépendante, et c'est pourquoi les Heures se transmuent en divinités de la végétation. On leur doit la beauté des fleurs et l'opulence des fruits, on les dote largement de traits aimables et gracieux. Elles deviennent les représentantes divines des saisons, et c'est peut-être par cette relation qu'elles acquièrent leur caractère triple, au cas où la nature sacrée du nombre trois ne suffirait pas à en rendre compte.

Denn diese alten Völker unterschieden zuerst nur
drei Jahreszeiten : Winter, Frühling und Som-
mer. Der Herbst kam erst in späten griechisch-
römischen Zeiten hinzu; dann bildete die Kunst
häufig vier Horen ab.

Die Beziehung zur Zeit blieb den Horen erhalten; sie wachten später über die Tageszeiten wie
zuerst über die Zeiten des Jahres; endlich sank
ihr Name zur Bezeichnung der Stunde (*heure,
ora*) herab. Die den Horen und Moiren wesens-
verwandten Nornen der deutschen Mythologie
tragen diese Zeitbedeutung in ihren Namen zur
Schau. Es konnte aber nicht ausbleiben, daß das
Wesen dieser Gottheiten tiefer erfaßt und in
das Gesetzmäßige im Wandel der Zeiten verlegt
wurde; die Horen wurden so zu Hüterinnen des
Naturgesetzes und der heiligen Ordnung, welche
mit unabänderlicher Reihenfolge in der Natur
das gleiche wiederkehren läßt.

Diese Erkenntnis der Natur wirkte zurück auf
die Auffassung des menschlichen Lebens. Der
Naturmythus wandelte sich zum Menschenmy-
thus; aus den Wettergöttinnen wurden Schick-
salsgottheiten. Aber diese Seite der Horen kam
erst in den Moiren zum Ausdrucke, die über
die notwendige Ordnung im Menschenleben so
unerbittlich wachen wie die Horen über die
Gesetzmäßigkeit der Natur.

Car ces peuples anciens ne distinguaient au début que trois saisons : hiver, printemps et été. L'automne ne vint s'y ajouter qu'à l'époque gréco-romaine tardive ; alors, l'art figura fréquemment quatre Heures.

Les Heures conservèrent leur relation au temps ; plus tard, elle veillèrent aux périodes du jour, comme elles l'avaient fait d'abord pour les périodes de l'année[a] ; pour finir, leur nom déchut jusqu'à désigner l'*heure* que nous connaissons[b]. Les Nornes de la mythologie germanique, dont l'essence est apparentée à celle des Heures et des Moires, montrent ostensiblement cette signification temporelle dans leurs noms[c]. Mais il ne pouvait manquer de se produire que l'essence de ces divinités fût appréhendée à un niveau plus profond et transférée aux lois périodiques de la succession temporelle ; les Heures devinrent ainsi les gardiennes de la loi naturelle et de l'ordre sacré qui fait que, dans la nature, le même revient toujours selon un enchaînement immuable.

Cette prise de connaissance de la nature eut des répercussions sur la conception de la vie humaine. Le mythe naturel se transmua en mythe humain ; les déesses météorologiques devinrent des déesses du destin. Mais cet aspect des Heures ne vint à s'exprimer que dans les Moires qui veillent à l'ordre nécessaire de la vie humaine d'une manière tout aussi inexorable que les Heures veillent sur les lois de la nature.

Das unabwendbar Strenge des Gesetzes, die
Beziehung zu Tod und Untergang, die an den
lieblichen Gestalten der Horen vermieden worden waren, sie prägten sich nun an den Moiren
aus, als ob der Mensch den ganzen Ernst des
Naturgesetzes erst dann empfände, wenn er ihm
die eigene Person unterordnen soll.

Die Namen der drei Spinnerinnen haben auch
bei den Mythologen bedeutsames Verständnis
gefunden. Die zweite, Lachesis scheint das «innerhalb der Gesetzmäßigkeit des Schicksals Zufäl-
lige» zu bezeichnen — wir würden sagen : das
Erleben — wie Atropos das Unabwendbare, den
Tod, und dann bliebe für Klotho die Bedeutung
der verhängnisvollen, mitgebrachten Anlage.

Und nun ist es Zeit, zu dem der Deutung
unterliegenden Motive der Wahl zwischen drei
Schwestern zurückzukehren. Mit tiefem Mißver-
gnügen werden wir bemerken, wie unverständ-
lich die betrachteten Situationen werden, wenn
wir in sie die gefundene Deutung einsetzen, und
welche Widersprüche zum scheinbaren Inhalte
derselben sich dann ergeben. Die dritte der
Schwestern soll die Todesgöttin sein, der Tod
selbst, und im Parisurteile ist es die Liebesgöttin,
im Märchen des Apulejus eine dieser letzteren
vergleichbare Schönheit, im «Kaufmann» die
schönste und klügste Frau, im Lear die einzige
treue Tochter. Kann ein Widerspruch vollkom-
mener gedacht werden? Doch vielleicht ist diese
unwahrscheinliche Steigerung ganz in der Nähe.

La rigueur inflexible de la loi, la relation à la mort et à la disparition, qui avaient été épargnées aux silhouettes charmantes des Heures, voici qu'elles s'accusèrent dans les traits des Moires, comme si l'homme n'éprouvait tout le sérieux de la loi naturelle que lorsqu'il est tenu d'y subordonner sa propre personne.

Les noms des trois fileuses ont également fait l'objet de la part des mythologues d'une exégèse significative. La deuxième, Lachésis, semble désigner le «fortuit au sein de la loi du destin[1]» — nous dirions : l'expérience vécue — comme Atropos, l'inéluctable, la mort; enfin resterait pour Clotho la signification de la disposition fatale, innée.

Et maintenant il est temps de retourner au motif, objet de notre interprétation, du choix entre les trois sœurs. C'est avec une profonde insatisfaction que nous nous apercevons à quel point les situations deviennent incompréhensibles quand nous les insérons dans l'interprétation que nous avons trouvée, et quelles contradictions en résultent avec le contenu apparent de celles-ci. La troisième des sœurs serait la déesse de la mort, la mort elle-même, et dans le jugement de Pâris, c'est la déesse de l'amour, dans le conte d'Apulée, une beauté comparable à cette dernière, dans le *Marchand*, la femme la plus belle et la plus intelligente, dans *Lear*, la seule fille fidèle. Peut-on concevoir contradiction plus parfaite? Et pourtant ce déploiement invraisemblable de superlatifs est peut-être à deux doigts de la solution.

Sie liegt wirklich vor, wenn in unserem Motive
jedesmal zwischen den Frauen frei gewählt wird,
und wenn die Wahl dabei auf den Tod fallen soll,
den doch niemand wählt, dem man durch ein
Verhängnis zum Opfer fällt.

Indes Widersprüche von einer gewissen Art,
Ersetzungen durch das volle kontradiktorische
Gegenteil bereiten der analytischen Deutungsarbeit keine ernste Schwierigkeit. Wir werden
uns hier nicht darauf berufen, daß Gegensätze in
den Ausdrucksweisen des Unbewußten wie im
Traume so häufig durch eines und das nämliche
Element dargestellt werden. Aber wir werden
daran denken, daß es Motive im Seelenleben
gibt, welche die Ersetzung durch das Gegenteil
als sogenannte Reaktionsbildung herbeiführen,
und können den Gewinn unserer Arbeit gerade
in der Aufdeckung solcher verborgener Motive
suchen. Die Schöpfung der Moiren ist der Erfolg
einer Einsicht, welche den Menschen mahnt,
auch er sei ein Stück der Natur und darum dem
unabänderlichen Gesetze des Todes unterwor-
fen. Gegen diese Unterwerfung mußte sich etwas
im Menschen sträuben, der nur höchst ungern
auf seine Ausnahmsstellung verzichtet. Wir wissen, daß der Mensch seine Phantasietätigkeit zur
Befriedigung seiner von der Realität unbefrie-
digten Wünsche verwendet.

Il est bien là, chaque fois que, dans notre motif, on choisit librement entre les femmes, et que le choix doit tomber sur la mort, que pourtant personne ne choisit, dont on est victime par un arrêt fatal.

Or les contradictions d'une certaine espèce, les substitutions par un contraire totalement contradictoire n'opposent pas de difficulté sérieuse au travail d'interprétation analytique. Nous ne ferons pas ici appel au fait que dans les modes d'expression de l'inconscient, comme dans le rêve, les opposés sont très fréquemment représentés par un seul et même élément. Nous songerons en revanche que, dans la vie psychique, il existe des motifs qui appellent le remplacement par le contraire du fait de ce qu'on nomme formation réactionnelle, et nous pouvons justement chercher le fruit de notre travail dans la mise au jour de tels motifs cachés. La création des Moires est le résultat d'une connaissance qui rappelle à l'homme que lui aussi est une parcelle de la nature et qu'à ce titre, il est assujetti à l'immuable loi de la mort. Contre cet assujettissement, il fallait que quelque chose regimbât en l'homme, car il ne renonce qu'avec le plus grand déplaisir à sa position d'exception. Nous savons que l'homme utilise son activité imaginative pour satisfaire ceux de ses souhaits qui ne sont pas satisfaits par la réalité.

So lehnte sich denn seine Phantasie gegen die im Moirenmythus verkörperte Einsicht auf und schuf den davon abgeleiteten Mythus, in dem die Todesgöttin durch die Liebesgöttin, und was ihr an menschlichen Gestaltungen gleichkommt, ersetzt ist. Die dritte der Schwestern ist nicht mehr der Tod, sie ist die schönste, beste, begehrenswerteste, liebenswerteste der Frauen. Und diese Ersetzung war technisch keineswegs schwer; sie war durch eine alte Ambivalenz vorbereitet, sie vollzog sich längs eines uralten Zusammenhanges, der noch nicht lange vergessen sein konnte. Die Liebesgöttin selbst, die jetzt an die Stelle der Todesgöttin trat, war einst mit ihr identisch gewesen. Noch die griechische Aphrodite entbehrte nicht völlig der Beziehungen zur Unterwelt, obwohl sie ihre chthonische Rolle längst an andere Göttergestalten, an die Persephone, die dreigestaltige Artemis-Hekate, abgegeben hatte. Die großen Muttergottheiten der orientalischen Völker scheinen aber alle ebensowohl Zeugerinnen wie Vernichterinnen, Göttinnen des Lebens und der Befruchtung wie Todesgöttinnen gewesen zu sein. So greift die Ersetzung durch ein Wunschgegenteil bei unserem Motive auf eine uralte Identität zurück.

Dieselbe Erwägung beantwortet uns die Frage, woher der Zug der Wahl in den Mythus von den drei Schwestern geraten ist. Es hat hier wiederum eine Wunschverkehrung stattgefunden. Wahl steht an der Stelle von Notwendigkeit, von Verhängnis.

C'est ainsi que son imagination s'est rebellée contre la découverte incarnée par le mythe des Moires, et qu'elle a créé le mythe qui en est dérivé, dans lequel la déesse de la mort est remplacée par la déesse de l'amour et ses équivalents à figure humaine. La troisième des sœurs n'est plus la mort, elle est la plus belle, la meilleure, la plus désirable, la plus aimable des femmes. Et cette substitution ne présentait aucune difficulté technique ; elle était préparée par une antique ambivalence, elle a suivi le fil d'un lien archaïque qui ne pouvait être oublié depuis longtemps. La déesse de l'amour elle-même, qui prenait maintenant la place de la déesse de la mort, avait été autrefois identique à elle. Même l'Aphrodite grecque n'était pas tout à fait exempte de relations avec les Enfers, bien qu'elle eût dès long-temps cédé son rôle chthonien à d'autres figures divines, telles que Perséphone et l'Artémis-Hécate aux trois corps. Mais les grandes divinités mater nelles des peuples orientaux paraissent avoir été toutes aussi bien des génitrices que des destruc-trices, aussi bien des déesses de la vie et de la fécondation que des déesses de la mort. Ainsi, le remplacement, dans notre motif, d'un élément par son contraire souhaité, remonte à une iden-tité archaïque.

La même réflexion nous fournit la réponse à la question de l'origine de l'élément du choix qui est venu marquer le mythe des trois sœurs. Ici encore une inversion par souhait a eu lieu. Le choix est mis à la place de la nécessité, de la fata-lité.

So überwindet der Mensch den Tod, den er in seinem Denken anerkannt hat. Es ist kein stärkerer Triumph der Wunscherfüllung denkbar. Man wählt dort, wo man in Wirklichkeit dem Zwange gehorcht, und die man wählt, ist nicht die Schreckliche, sondern die Schönste und Begehrenswerteste.

Bei näherem Zusehen merken wir freilich, daß die Entstellungen des ursprünglichen Mythus nicht gründlich genug sind, um sich nicht durch Resterscheinungen zu verraten. Die freie Wahl zwischen den drei Schwestern ist eigentlich keine freie Wahl, denn sie muß notwendigerweise die dritte treffen, wenn nicht, wie im Lear, alles Unheil aus ihr entstehen soll. Die Schönste und Beste, welche an Stelle der Todesgöttin getreten ist, hat Züge behalten, die an das Unheimliche streifen, so daß wir aus ihnen das Verborgene erraten konnten.

Wir haben bisher den Mythus und seine Wandlung verfolgt und hoffen die geheimen Gründe dieser Wandlung aufgezeigt zu haben. Nun darf uns wohl die Verwendung des Motivs beim Dichter interessieren. Wir bekommen den Eindruck, als ginge beim Dichter eine Reduktion des Motivs auf den ursprünglichen Mythus vor sich, so daß der ergreifende, durch die Entstellung abgeschwächte Sinn des letzteren von uns wieder verspürt wird. Durch diese Reduktion der Entstellung, die teilweise Rückkehr zum Ursprünglichen, erziele der Dichter die tiefere Wirkung, die er bei uns erzeugt.

Ainsi, l'homme surmonte la mort qu'il a reconnue dans sa pensée. On ne peut concevoir triomphe plus éclatant de l'accomplissement d'un souhait. On choisit là où, en réalité, on obéit à la contrainte, et celle qu'on choisit n'est pas la terrifiante, mais la plus belle et la plus désirable.

À regarder de plus près, nous nous apercevons, bien sûr, que les déformations du mythe originel ne sont pas assez radicales pour ne pas se trahir par quelques phénomènes résiduels. Le libre choix entre les trois sœurs n'est pas à vrai dire un libre choix, car il doit nécessairement se porter sur la troisième, sans quoi, comme dans *Lear,* il va entraîner tous les malheurs possibles. La plus belle et la meilleure, qui a pris la place de la déesse de la mort, a gardé des traits qui frisent l'inquiétante étrangeté de sorte que c'est grâce à eux que nous avons pu deviner les éléments cachés[1].

Jusqu'ici, nous avons suivi le mythe et ses avatars, et nous espérons avoir dégagé les raisons secrètes de ceux-ci. À présent nous avons sans doute le droit de nous intéresser à l'utilisation du motif dans la création littéraire. Nous avons l'impression que s'opère chez le créateur littéraire la réduction du motif au mythe d'origine, de sorte que nous éprouvons à nouveau le sens saisissant de celui-ci, que la déformation avait affaibli. Ce serait par cette réduction de la déformation, le retour partiel à l'originel, que le créateur littéraire obtiendrait l'effet plus profond qu'il provoque chez nous.

Um Mißverständnissen vorzubeugen, will ich
sagen, ich habe nicht die Absicht zu widersprechen, daß das Drama vom König Lear die beiden
weisen Lehren einschärfen wolle, man solle auf
sein Gut und seine Rechte nicht zu Lebzeiten
verzichten, und man müsse sich hüten, Schmei-
chelei für bare Münze zu nehmen. Diese und
ähnliche Mahnungen ergeben sich wirklich aus
dem Stücke, aber es erscheint mir ganz unmög-
lich, die ungeheure Wirkung des *Lear* aus dem
Eindrucke dieses Gedankeninhaltes zu erklären
oder anzunehmen, daß die persönlichen Motive
des Dichters mit der Absicht, diese Lehren vor-
zutragen, erschöpft seien. Auch die Auskunft, der
Dichter habe uns die Tragödie der Undank-
barkeit vorspielen wollen, deren Bisse er wohl am
eigenen Leibe verspürt, und die Wirkung des
Spieles beruhe auf dem rein formalen Momente
der künstlerischen Einkleidung, scheint mir das
Verständnis nicht zu ersetzen, welches uns durch
die Würdigung des Motivs der Wahl zwischen
den drei Schwestern eröffnet wird.

Lear ist ein alter Mann. Wir sagten schon,
darum erscheinen die drei Schwestern als seine
Töchter. Das Vaterverhältnis, aus dem so viel
fruchtbare dramatische Antriebe erfließen könnten, wird im Drama weiter nicht verwertet. Lear
ist aber nicht nur ein Alter, sondern auch ein
Sterbender. Die so absonderliche Voraussetzung
der Erbteilung verliert dann alles Befremdende.

Pour prévenir des malentendus, je dois dire que je n'ai pas l'intention de contredire l'idée que le drame du roi Lear serait destiné à inculquer les deux sages leçons selon lesquelles on ne doit pas de son vivant renoncer à ses biens et à ses droits et il faut se garder de prendre la flatterie pour argent comptant. Ces exhortations, ainsi que d'autres du même genre, ressortent effectivement de la pièce, mais il me paraît tout à fait impossible d'expliquer l'effet considérable que produit *Le roi Lear* à partir de l'impression suscitée par ce contenu de pensées, ou bien d'admettre que les motivations personnelles de l'auteur seraient épuisées par l'intention d'exposer ces leçons. De même quand on affirme que l'auteur aurait voulu nous représenter la tragédie de l'ingratitude, dont il aurait sans nul doute ressenti les morsures dans sa propre chair, et que l'effet de la pièce reposerait sur le facteur purement formel de l'habillage artistique : une telle échappatoire ne me paraît pas pouvoir tenir lieu de la compréhension qui nous est ouverte par la prise en compte du motif du choix entre les trois sœurs.

Lear est un vieil homme. Nous avons déjà dit que c'est pour cette raison que les trois sœurs apparaissent comme ses filles. La relation paternelle, d'où pourraient émaner tant d'incitations dramatiques fécondes, n'est pas exploitée plus avant dans le drame. Mais Lear n'est pas seulement un vieillard, c'est aussi un moribond. De ce fait, le préalable si extravagant de la répartition de l'héritage perd tout aspect déconcertant.

Dieser dem Tode Verfallene will aber auf die Liebe des Weibes nicht verzichten, er will hören, wie sehr er geliebt wird. Nun denke man an die erschütternde letzte Szene, einen der Höhepunkte der Tragik im modernen Drama : Lear trägt den Leichnam der Cordelia auf die Bühne. Cordelia ist der Tod. Wenn man die Situation umkehrt, wird sie uns verständlich und vertraut. Es ist die Todesgöttin, die den gestorbenen Helden vom Kampfplatze wegträgt, wie die Walküre in der deutschen Mythologie. Ewige Weisheit im Gewande des uralten Mythus rät dem alten Manne, der Liebe zu entsagen, den Tod zu wählen, sich mit der Notwendigkeit des Sterbens zu befreunden.

Der Dichter bringt uns das alte Motiv näher, indem er die Wahl zwischen den drei Schwestern von einem Gealterten und Sterbenden vollziehen läßt. Die regressive Bearbeitung, die er so mit dem durch Wunschverwandlung entstellten Mythus vorgenommen, läßt dessen alten Sinn so weit durchschimmern, daß uns vielleicht auch eine flächenhafte, allegorische Deutung der drei Frauengestalten des Motivs ermöglicht wird. Man könnte sagen, es seien die drei für den Mann unvermeidlichen Beziehungen zum Weibe, die hier dargestellt sind : Die Gebärerin, die Genossin und die Verderberin. Oder die drei Formen, zu denen sich ihm das Bild der Mutter im Laufe des Lebens wandelt : Die Mutter selbst, die Geliebte, die er nach deren Ebenbild gewählt, und zuletzt die Mutter Erde, die ihn wieder aufnimmt.

Cependant cet homme promis à la mort ne veut pas renoncer à l'amour de la femme, il veut entendre à quel point il est aimé. Qu'on pense alors à la bouleversante dernière scène, l'un des sommets du tragique dans le drame moderne : Lear apporte le cadavre de Cordélia sur la scène. Cordélia est la mort. Si l'on renverse la situation, elle nous devient compréhensible et familière. C'est la déesse de la mort qui emporte le héros mort du champ de bataille, comme la Walkyrie[a] dans la mythologie germanique. La sagesse éternelle drapée dans le mythe ancestral conseille au vieil homme de renoncer à l'amour, de choisir la mort, de se familiariser avec la nécessité du trépas.

Le créateur littéraire nous rend le motif ancien plus proche en faisant accomplir le choix entre les trois sœurs par un homme vieilli et moribond. Le remaniement régressif qu'il a ainsi entrepris, au moyen du mythe déformé par une transmutation selon le souhait, laisse affleurer son sens ancien jusqu'à rendre également possible une interprétation extensive, allégorique, des trois figures féminines du motif. On pourrait dire que ce sont les trois relations inévitables de l'homme à la femme qui sont ici représentées : la génitrice, la compagne et la destructrice. Ou bien les trois formes par lesquelles passe pour lui l'image de la mère au cours de sa vie : la mère elle-même ; l'amante qu'il choisit à l'image de la première ; et pour terminer, la terre mère, qui l'accueille à nouveau en elle.

Der alte Mann aber hascht vergebens nach der
Liebe des Weibes, wie er sie zuerst von der Mutter empfangen; nur die dritte der Schicksals-
frauen, die schweigsame Todesgöttin, wird ihn in
ihre Arme nehmen.

Mais c'est en vain que le vieil homme cherche à agripper l'amour de la femme, tel qu'il l'a reçu d'abord de la mère ; c'est seulement la troisième des femmes du destin, la silencieuse déesse de la mort, qui le prendra dans ses bras.

NOTES

Page 155.

1. G. Brandes, *William Shakespeare*, Paris, 1896.

2. Ed. Stucken, *Astralmythen der Hebräer, Babylonier und Ägypter*, Leipzig, 1907, p. 655.

a. Récits latins du XIIIe ou XIVe siècle qui mettent en scène des empereurs romains et tirent des moralités de leurs actes.

Page 157.

1. O. Rank, *Le mythe de la naissance du héros* (1909), trad. éd. Payot.

Page 161.

1. Je dois le repérage de ces concordances au Dr O. Rank.

a. Freud fait ici allusion à un épisode qui ne figure pas dans le conte de Perrault et est donc sans doute ignoré du lecteur français. Il est présent dans le conte allemand de Grimm et dans beaucoup d'autres versions du conte, de par le monde.

Page 163.

a. Selon un aparté de Cordélia, acte I, scène 1.

b. Soit : « Ta pâleur m'émeut plus que l'éloquence. » La variante donne « simplicité » à la place de « pâleur ».

Les précisions subséquentes de Freud ne sont pas une traduction, mais une glose de ce vers.

Page 165.

1. Dans la traduction de Schlegel, cette allusion se perd tout à fait, elle est même retournée en son contraire :

> *Dein schlichtes Wesen spricht beredt mich an.*

(« Ta simplicité me parle avec éloquence. »)

2. Également cité parmi les symboles de la mort dans *Die Sprache des Traumes* (La langue du rêve) de Stekel (1911), p. 351.

a. Opérette d'Offenbach, 1864.

Page 167.

1. Stekel, *op. cit.*

a. Cf. l'article ultérieur de Freud sur « Rêve et télépathie » (1922), in *Gesammelte Werke*, tome 13.

Page 171.

a. *Atropos* : le *a-* est privatif ; et l'élément *-tropos* renvoie à un verbe qui signifie « tourner » et donc « mouvoir, fléchir », etc.

Page 173.

1. Ce qui suit, d'après le *Dictionnaire des mythologies grecque et romaine* de Roscher [1884-1937], aux articles correspondants.

Page 175.

a. Nous traduisons ici *die Zeiten des Jahres.* Il ne faut pas oublier que « les saisons » se dit en allemand *die Jahreszeiten.*

b. Freud donne ici le mot allemand pour « heure », puis cite entre parenthèses le mot français et le mot italien *ora.* En français, ces précisions perdent leur sens.

c. D'après la *Deutsche Mythologie* de Jakob Grimm, les trois Nornes ont pour noms (scandinaves, d'après l'*Edda*) : Urtr, Vertandi, Skuld. On peut interpréter les deux premiers comme dérivés du prétérit et du participe présent de la forme ancienne du verbe *werden*, soit «devenir». La troisième fait écho aux mots anglais *shall, should*, allemands *soll, Schuld*, qui connotent l'idée de devoir et dont certains servent à exprimer le futur. On peut donc considérer que les trois noms renvoient respectivement au passé, au présent et à l'avenir.

En revanche, le mot «Norne» lui-même n'a rien à faire avec la temporalité. Dans son *Etymologisches Wörterbuch*, Friedrich Kluge le rapproche des verbes qui signifient «chuchoter, murmurer, marmonner», ce qui rangerait les Nornes du côté de *fatum* et de *fata*.

Page 177.

1. J. Roscher d'après Preller-Robert, *Griechische, Mythologie* [1894].

Page 183.

1. La Psyché d'Apulée a aussi conservé un grand nombre de traits qui rappellent sa relation à la mort. Ses noces sont apprêtées comme des funérailles, il faut qu'elle descende aux Enfers, et elle sombre ensuite dans un sommeil léthargique (O. Rank).

À propos de la signification de Psyché comme divinité printanière et «fiancée de la mort», cf. A. Zinzow : *Psyche und Eros* (Halle, 1881).

Dans un autre conte de Grimm (n° 179, «*Die Gänsehirtin am Brunnen*», «La gardeuse d'oies à la fontaine»), on trouve, comme chez Cendrillon, l'alternance entre beauté et laideur chez la troisième fille, dans laquelle on est sans doute autorisé à apercevoir une indication de sa double nature — avant et après la substitution.

Cette troisième fille est repoussée par son père au terme d'une épreuve qui coïncide presque avec celle du *Roi Lear.* Comme les autres sœurs, elle doit indiquer à quel point elle aime son père, mais ne trouve pas d'autre expression de son amour que la comparaison avec le sel. (Communication amicale du Dr Hanns Sachs.)

Page 187.

a. Il n'est pas indifférent de rappeler ici que Walkyrie est la transcription de l'allemand *Walküre,* et que l'élément *-küre* est en rapport avec le vieux verbe *kiesen, kor, gekoren* qui signifiait « choisir ». La Walkyrie est littéralement celle qui choisit (élit) sur le champ de bataille.

Eine Kindheitserinnerung aus « Dichtung und Wahrheit »[a]

Un souvenir d'enfance de « Poésie et vérité »

a. Première édition :
    Imago, tome 5 (2) (1917)
    Éditions courantes :
    Gesammelte Werke, tome 12 (1947), Fischer Verlag.
    Werke im Taschenbuch, Fischer Verlag, n° 10456, Der
    Moses des Michelangelo.

«Wenn man sich erinnern will, was uns in der frühesten Zeit der Kindheit begegnet ist, so kommt man oft in den Fall, dasjenige, was wir von anderen gehört, mit dem zu verwechseln, was wir wirklich aus eigener anschauender Erfahrung besitzen.» Diese Bemerkung macht Goethe auf einem der ersten Blätter der Lebensbeschreibung, die er im Alter von sechzig Jahren aufzuzeichnen begann. Vor ihr stehen nur einige Mitteilungen über seine «am 28. August 1749, mittags mit dem Glockenschlag zwölf» erfolgte Geburt. Die Konstellation der Gestirne war ihm günstig und mag wohl Ursache seiner Erhaltung gewesen sein, den er kam «für tot» auf die Welt, und nur durch vielfache Bemühungen brachte man es dahin, daß er das Licht erblickte. Nach dieser Bemerkung folgt eine kurze Schilderung des Hauses und der Räumlichkeit, in welcher sich die Kinder — er und seine jüngere Schwester — am liebsten aufhielten.

« Quand on veut se souvenir de ce qui nous est arrivé à l'époque la plus ancienne de notre enfance, on en vient souvent à confondre ce que nous avons entendu dire par d'autres avec ce qui est réellement acquis de par notre propre expérience visuelle. » Cette remarque est faite par Goethe dans l'une des premières pages de l'autobiographie qu'il a commencé à rédiger à l'âge de soixante ans. Elle n'est précédée que par quelques indications sur sa naissance qui a eu lieu « le 28 août 1749 sur le coup de midi ». La conjonction des astres lui était favorable, et fut sans doute cause qu'il soit resté en vie car, lorsqu'il vint au monde, on le donna « pour mort », et ce n'est que par de multiples efforts qu'on parvint à lui faire voir le jour. Cette remarque est suivie d'une brève évocation de la maison et de l'espace qui était le lieu de séjour préféré des enfants — lui et sa sœur cadette.

Dann aber erzählt Goethe eigentlich nur eine *einzige* Begebenheit, die man in die «früheste Zeit der Kindheit» (in die Jahre bis vier?) versetzen kann, und an welche er eine eigene Erinnerung bewahrt zu haben scheint.

Der Bericht hierüber lautet : «und mich gewannen drei gegenüber wohnende Brüder von Ochsenstein, hinterlassene Söhne des verstorbenen Schultheißen, gar lieb, und beschäftigten und neckten sich mit mir auf mancherlei Weise.»

«Die Meinigen erzählten gern allerlei Eulenspiegeleien, zu denen mich jene sonst ernsten und einsamen Männer angereizt. Ich führe nur einen von diesen Streichen an. Es war eben Topfmarkt gewesen und man hatte nicht allein die Küche für die nächste Zeit mit solchen Waren versorgt, sondern auch uns Kindern dergleichen Geschirr im kleinen zu spielender Beschäftigung eingekauft. An einem schönen Nachmittag, da alles ruhig im Hause war, trieb ich im Geräms (der erwähnten gegen die Straße gerichteten Örtlichkeit) mit meinen Schüsseln und Töpfen mein Wesen und da weiter nichts dabei herauskommen wollte, warf ich ein Geschirr auf die Straße und freute mich, daß es so lustig zerbrach. Die von Ochsenstein, welche sahen, wie ich mich daran ergötzte, daß ich so gar fröhlich in die Händchen patschte, riefen : Noch mehr! Ich säumte nicht, sogleich einen Topf und auf immer fortwährendes Rufen : Noch mehr! nach und nach sämtliche Schüsselchen, Tiegelchen, Ännchen gegen das Pflaster zu schleudern.

Mais ensuite Goethe ne raconte à vrai dire qu'*un seul* événement qu'on puisse situer à l'«époque la plus ancienne de l'enfance» (avant quatre ans?), et dont il semble avoir conservé un souvenir personnel.

Voici ce qu'il en dit: «... et trois frères von Ochsenstein, qui habitaient en face et qui étaient les fils orphelins du défunt bourgmestre, se prirent d'affection pour moi, et se mirent à s'occuper de moi, à me taquiner de mainte façon.

«Les membres de ma famille aimaient à raconter toutes sortes d'espiègleries auxquelles m'avaient incité ces hommes par ailleurs graves et solitaires. Je ne cite que l'un de ces tours. Il venait d'y avoir marché de la poterie, et l'on ne s'était pas contenté d'approvisionner la cuisine en objets de cette sorte pour le proche avenir; à nous aussi, enfants, on avait acheté de la vaisselle en miniature, pour notre amusement. Par un bel après-midi, alors que tout était calme dans la maison, je faisais des miennes dans la véranda» (lieu déjà mentionné, qui se trouvait orienté vers la rue) «avec mes plats et mes pots, et comme je n'arrivais plus à en tirer quoi que ce soit, je jetai une pièce de vaisselle dans la rue et me réjouis de la voir se briser d'une manière si drôle. Les frères von Ochsenstein, voyant combien cela me divertissait, au point que, de joie, j'en battais de mes petites mains, crièrent: Encore! Aussitôt je lançai un pot sur le pavé, et aux cris incessants de: Encore! encore! les petits plats, poêlons, flacons ne tardèrent pas à prendre tous peu à peu le même chemin.

Meine Nachbarn fuhren fort, ihren Beifall zu bezeigen und ich war höchlich froh, ihnen Vergnügen zu machen. Mein Vorrat aber war aufgezehrt, und sie riefen immer: Noch mehr! Ich eilte daher stracks in die Küche und holte die irdenen Teller, welche nun freilich im Zerbrechen ein noch lustigeres Schauspiel gaben; und so lief ich hin und wieder, brachte einen Teller nach dem anderen, wie ich sie auf dem Topfbrett der Reihe nach erreichen konnte, und weil sich jene gar nicht zufrieden gaben, so stürzte ich alles, was ich von Geschirr erschleppen konnte, in gleiches Verderben. Nur später erschien jemand zu hindern und zu wehren. Das Unglück war geschehen, und man hatte für so viel zerbrochene Töpferware wenigstens eine lustige Geschichte, an der sich besonders die schalkischen Urheber bis an ihr Lebensende ergötzten.»

Dies konnte man in voranalytischen Zeiten ohne Anlaß zum Verweilen und ohne Anstoß lesen; aber später wurde das analytische Gewissen rege. Man hatte sich ja über Erinnerungen aus der frühesten Kindheit bestimmte Meinungen und Erwartungen gebildet, für die man gerne allgemeine Gültigkeit in Anspruch nahm. Es sollte nicht gleichgültig oder bedeutungslos sein, welche Einzelheit des Kindheitslebens sich dem allgemeinen Vergessen der Kindheit entzogen hatte.

Mes voisins continuaient à me manifester leur approbation, et je me réjouissais grandement de leur faire plaisir. Mais mes provisions étaient épuisées qu'ils me criaient toujours : Encore ! Je filai donc tout droit à la cuisine pour y prendre les assiettes de faïence, qui donnèrent bien sûr en se brisant un spectacle encore plus drôle ; j'allais et venais ainsi en courant, apportant une assiette après l'autre, dans l'ordre où je pouvais les saisir sur le dressoir, et comme les autres n'étaient toujours pas satisfaits, je précipitai tout ce que je pus transporter de vaisselle dans la même ruine. Plus tard seulement, quelqu'un survint pour mettre le holà. Le mal était fait et, en contrepartie de tant de poterie cassée, on eut au moins une histoire drôle à raconter, une histoire dont se délectèrent en particulier ses malicieux auteurs jusqu'à la fin de leurs jours. »

En des temps pré-analytiques, on pouvait lire un tel récit sans avoir de raison de s'y arrêter et sans tiquer ; mais ensuite la conscience analytique s'éveilla. On s'était en effet formé, à propos des souvenirs des premières années d'enfance, des opinions et des attentes précises, pour lesquelles on aimait à revendiquer une validité universelle. Il ne devait pas être indifférent ou insignifiant de savoir quel détail de la vie de l'enfance avait été soustrait à l'oubli général de celle-ci.

Vielmehr durfte man vermuten, daß dies im Gedächtnis Erhaltene auch das Bedeutsamste des ganzen Lebensabschnittes sei, und zwar entweder so, daß es solche Wichtigkeit schon zu seiner Zeit besessen oder anders, daß es sie durch den Einfluß späterer Erlebnisse nachträglich erworben habe.

Allerdings war die hohe Wertigkeit solcher Kindheitserinnerungen nur in seltenen Fällen offensichtlich. Meist erschienen sie gleichgültig, ja nichtig, und es blieb zunächst unverstanden, daß es gerade ihnen gelungen war, der Amnesie zu trotzen; auch wußte derjenige, der sie als sein eigenes Erinnerungsgut seit langen Jahren bewahrt hatte, sie so wenig zu würdigen wie der Fremde, dem er sie erzählte. Um sie in ihrer Bedeutsamkeit zu erkennen, bedurfte es einer gewissen Deutungsarbeit, die entweder nachwies, wie ihr Inhalt durch einen anderen zu ersetzen sei, oder ihre Beziehung zu anderen, unverkennbar wichtigen Erlebnissen aufzeigte, für welche sie als sogenannte *Deckerinnerungen* eingetreten waren.

In jeder psychoanalytischen Bearbeitung einer Lebensgeschichte gelingt es, die Bedeutung der frühesten Kindheitserinnerungen in solcher Weise aufzuklären. Ja, es ergibt sich in der Regel, daß gerade diejenige Erinnerung, die der Analysierte voranstellt, die er zuerst erzählt, mit der er seine Lebensbeichte einleitet, sich als die wichtigste erweist, als diejenige, welche die Schlüssel zu den Geheimfächern seines Seelenlebens in sich birgt.

On devait bien plutôt présumer que cette chose préservée dans la mémoire était du même coup l'élément le plus significatif de toute cette tranche de la vie, et ce de telle sorte que, ou bien elle avait revêtu une telle importance dès son époque, ou bien elle l'avait acquise après coup sous l'influence d'expériences ultérieures.

Il est vrai que la haute valeur de tels souvenirs d'enfance n'était manifeste que dans de rares cas. La plupart du temps, ils apparaissaient indifférents, voire nuls, et d'abord on n'arrivait pas à comprendre que ce fussent justement eux qui aient réussi à défier l'amnésie ; par ailleurs, celui qui les avait conservés depuis de longues années comme son propre bien mnésique était aussi peu à même d'en tirer quelque chose que celui auquel il les racontait. Pour en reconnaître toute la signification, il fallait un certain travail d'interprétation, qui ou bien démontrait qu'il fallait remplacer leur contenu par un autre, ou bien révélait leur relation à d'autres expériences dont l'importance ne faisait pas de doute, et dont ils avaient pris la place au titre de ce que nous appelons *souvenirs-écrans*[a].

Chaque fois que la psychanalyse travaille sur une biographie, elle parvient à élucider de cette façon la signification des plus anciens souvenirs d'enfance. Davantage : on constate en règle générale que c'est le souvenir que l'analysé met en avant, qu'il raconte en premier, par lequel il introduit la confession de sa vie, qui s'avère être le plus important, celui qui recèle les clés des tiroirs secrets de sa vie psychique[b].

Aber im Falle jener kleinen Kinderbegebenheit, die in «Dichtung und Wahrheit» erzählt wird, kommt unseren Erwartungen zu wenig entgegen. Die Mittel und Wege, die bei unseren Patienten zur Deutung führen, sind uns hier natürlich unzugänglich; der Vorfall an sich scheint einer aufspürbaren Beziehung zu wichtigen Lebenseindrücken späterer Zeit nicht fähig zu sein. Ein Schabernack zum Schaden der häuslichen Wirtschaft, unter fremdem Einfluß verübt, ist sicherlich keine passende Vignette für all das, was Goethe aus seinem reichen Leben mitzuteilen hat. Der Eindruck der vollen Harmlosigkeit und Beziehungslosigkeit will sich für diese Kindererinnerung behaupten, und wir mögen die Mahnung mitnehmen, die Anforderungen der Psychoanalyse nicht zu überspannen oder am ungeeigneten Orte vorzubringen.

So hatte ich denn das kleine Problem längst aus meinen Gedanken fallen lassen, als mir der Zufall einen Patienten zuführte, bei dem sich eine ähnliche Kindheitserinnerung in durchsichtigerem Zusammenhange ergab. Es war ein siebenundzwanzigjähriger, hochgebildeter und begabter Mann, dessen Gegenwart durch einen Konflikt mit seiner Mutter ausgefüllt war, der sich so ziemlich auf alle Interessen des Lebens erstreckte, unter dessen Wirkung die Entwicklung seiner Liebesfähigkeit und seiner selbständigen Lebensführung schwer gelitten hatte. Dieser Konflikt ging weit in die Kindheit zurück; man kann wohl sagen, bis in sein viertes Lebensjahr.

Mais dans le cas de ce petit événement de l'enfance narré dans *Poésie et vérité*, il y a trop peu d'éléments qui viennent au-devant de nos attentes. Les voies et les moyens qui conduisent chez nos patients à l'interprétation nous sont ici, bien sûr, inaccessibles ; l'incident en lui-même ne semble pas se prêter à une relation décelable avec des impressions importantes de la vie ultérieure. Une polissonnerie perpétrée aux dépens de l'économie domestique sous une influence étrangère n'est certainement pas une vignette appropriée pour tout ce que Goethe a à communiquer de la riche matière de sa vie. L'impression d'une totale innocence ainsi que d'une totale absence de relations semble devoir s'imposer à propos de ce souvenir d'enfance, et nous devrions faire nôtre le principe qui recommande de ne pas exagérer les prétentions de la psychanalyse et de ne pas les invoquer hors de propos.

C'est ainsi que j'avais depuis longtemps cessé de penser à ce petit problème, lorsque le hasard m'amena un patient chez lequel un souvenir d'enfance analogue se présenta dans un contexte plus transparent. C'était un homme de vingt-sept ans, d'une grande culture et d'un réel talent, dont le présent était absorbé par un conflit avec sa mère, conflit qui s'étendait à peu près à tous les intérêts de son existence, et sous l'effet duquel le développement de sa capacité d'amour et de la conduite autonome de son existence avait beaucoup pâti. Ce conflit remontait loin dans son enfance ; on peut bien dire jusqu'à sa quatrième année.

Vorher war er ein sehr schwächliches, immer kränkelndes Kind gewesen, und doch hatten seine Erinnerungen diese üble Zeit zum Paradies verklärt, denn damals besaß er die uneingeschränkte, mit niemandem geteilte Zärtlichkeit der Mutter. Als er noch nicht vier Jahre war, wurde ein — heute noch lebender — Bruder geboren, und in der Reaktion auf diese Störung wandelte er sich zu einem eigensinnigen, unbotmäßigen Jungen, der unausgesetzt die Strenge der Mutter herausforderte. Er kam auch nie mehr in das richtige Geleise.

Als er in meine Behandlung trat — nicht zum mindesten darum, weil die bigotte Mutter die Psychoanalyse verabscheute — war die Eifersucht auf den nachgeborenen Bruder, die sich seinerzeit selbst in einem Attentat auf den Säugling in der Wiege geäußert hatte, längst vergessen. Er behandelte jetzt seinen jüngeren Bruder sehr rücksichtsvoll, aber sonderbare Zufallshandlungen, durch die er sonst geliebte Tiere wie seinen Jagdhund oder sorgsam von ihm gepflegte Vögel plötzlich zu schwerem Schaden brachte, waren wohl als Nachklänge jener feindseligen Impulse gegen den kleinen Bruder zu verstehen.

Dieser Patient berichtete nun, daß er um die Zeit des Attentats gegen das ihm verhaßte Kind einmal alles ihm erreichbare Geschirr aus dem Fenster des Landhauses auf die Straße geworfen. Also dasselbe, was Goethe in Dichtung und Wahrheit aus seiner Kindheit erzählt!

Auparavant, il avait été un enfant très fragile, toujours égrotant, et pourtant, ses souvenirs avaient transfiguré cette mauvaise période en un paradis, car il possédait à cette époque la tendresse illimitée de sa mère, sans avoir à la partager avec personne. Alors qu'il n'avait pas encore quatre ans, un frère — qui vit encore aujourd'hui — naquit, et par réaction à ce dérangement il se mua en un garçon entêté et indocile, qui n'arrêtait pas de provoquer la sévérité de sa mère. Il ne revint d'ailleurs plus jamais dans le droit chemin.

Lorsqu'il entra en traitement avec moi — le fait qu'il avait une mère bigote, détestant la psychanalyse, n'en était pas la moindre raison —, la jalousie à l'endroit de son frère puîné, qui était allée à l'époque jusqu'à se manifester par un attentat sur la personne du nourrisson dans son berceau, était depuis longtemps oubliée. Il traitait maintenant son frère cadet avec beaucoup d'égards, mais d'étranges actions fortuites, par lesquelles il infligeait soudain un préjudice grave à des animaux qu'il aimait par ailleurs, tel son chien de chasse, ou à des oiseaux dont il prenait grand soin, étaient sans doute à comprendre comme des échos des impulsions hostiles qu'il avait eues à l'égard de son petit frère.

Or ce patient se mit à relater qu'un jour, à l'époque de l'attentat contre l'enfant qu'il haïssait, il avait jeté dans la rue, par la fenêtre d'une maison de campagne, toute la vaisselle qui lui était tombée sous la main. Donc la même chose que ce que Goethe raconte dans *Poésie et vérité* à propos de son enfance !

Ich bemerke, daß mein Patient von fremder Nationalität und nicht in deutscher Bildung erzogen war; er hatte Goethes Lebensbeschreibung niemals gelesen.

Diese Mitteilung mußte mir den Versuch nahe legen, die Kindheitserinnerung Goethes in dem Sinne zu deuten, der durch die Geschichte meines Patienten unabweisbar geworden war. Aber waren in der Kindheit des Dichters die für solche Auffassung erforderlichen Bedingungen nachzuweisen? Goethe selbst macht zwar die Aneiferung der Herren von Ochsenstein für seinen Kinderstreich verantwortlich. Aber seine Erzählung selbst läßt erkennen, daß die erwachsenen Nachbarn ihn nur zur Fortsetzung seines Treibens aufgemuntert hatten. Den Anfang dazu hatte er spontan gemacht, und die Motivierung, die er für dies Beginnen gibt: «Da weiter nichts dabei (beim Spiele) herauskommen wollte», läßt sich wohl ohne Zwang als Geständnis deuten, daß ihm eine wirksames Motiv seines Handelns zur Zeit der Niederschrift und wahrscheinlich auch lange Jahre vorher nicht bekannt war.

Es ist bekannt, daß Joh. Wolfgang und seine Schwester Cornelia die ältesten Überlebenden einer größeren, recht hinfälligen Kinderreihe waren. Dr. Hanns Sachs war so freundlich, mir die Daten zu verschaffen, die sich auf diese früh verstorbenen Geschwister Goethes beziehen.

Je fais remarquer que mon patient était de nationalité étrangère et n'avait pas été élevé dans la culture allemande ; il n'avait jamais lu la biographie de Goethe.

Cette indication ne pouvait que m'inviter à tenter d'interpréter le souvenir d'enfance de Goethe dans le sens qui, de par l'histoire de mon patient, était devenu irrécusable. Mais pouvait-on faire état, dans l'enfance de l'écrivain, des circonstances indispensables à une telle conception ? Il est vrai que Goethe lui-même rend l'incitation des messieurs von Ochsenstein responsable de son mauvais tour. Mais sa narration elle-même permet de reconnaître que ses voisins adultes n'avaient fait que l'encourager à poursuivre son remue-ménage. Il en avait pris l'initiative spontanément, et la motivation qu'il donne pour ce commencement : « Comme je n'arrivais plus à en (c'est-à-dire du jeu) tirer quoi que ce soit », peut sans doute s'interpréter, sans forcer les choses, comme l'aveu qu'à l'époque de la rédaction, et sans doute aussi pendant de longues années auparavant, un motif efficient de son action lui était inconnu.

On sait que Johann Wolfgang et sa sœur Cornelia étaient les deux aînés survivants d'une assez importante série d'enfants très fragiles. Le Dr Hanns Sachs a été assez aimable pour me fournir les données qui se rapportent à ces frères et sœurs de Goethe tôt décédés.

Geschwister Goethes :

a) Hermann Jakob, getauft Montag, den
27. November 1752, erreichte ein Alter von
sechs Jahren und sechs Wochen, beerdigt 13. Jän-
ner 1759.

b) Katharina Elisabetha, getauft Montag, den
9. September 1754, beerdigt Donnerstag, den
22. Dezember 1755 (ein Jahr, vier Monate alt).

c) Johanna Maria, getauft Dienstag, den
29. März 1757 und beerdigt Samstag, den
11. August 1759 (zwei Jahre, vier Monate alt).
(Dies war jedenfalls das von ihrem Bruder
gerühmte sehr schöne und angenehme Mädchen).

d) Georg Adolph, getauft Sonntag, den 15. Juni
1760; beerdigt, acht Monate alt, Mittwoch, den
18. Februar 1761.

Goethes nächste Schwester, Cornelia Friederica Christiana, war am 7. Dezember 1750 geboren, als er fünfviertel Jahre alt war. Durch diese
geringe Altersdifferenz ist sie als Objekt der Eifersucht so gut wie ausgeschlossen. Man weiß, daß
Kinder, wenn ihre Leidenschaften erwachen, niemals so heftige Reaktionen gegen die Geschwister entwickeln, welche sie vorfinden, sondern
ihre Abneigung gegen die neu Ankommenden
richten. Auch ist die Szene, um deren Deutung
wir uns bemühen, mit dem zarten Alter Goethes
bei oder bald nach der Geburt Cornelias unve-
reinbar.

Bei der Geburt des ersten Brüderchens Hermann Jakob war Joh. Wolfgang dreieinviertel
Jahre alt.

Frères et sœurs de Goethe :

a) Hermann Jakob, baptisé le lundi 27 novembre 1752, ne parvint qu'à l'âge de six ans et six semaines, enterré le 13 janvier 1759.

b) Katharina Elisabetha, baptisée le lundi 9 septembre 1754, enterrée le jeudi 22 décembre 1755 (à l'âge d'un an et quatre mois).

c) Johanna Maria, baptisée le mardi 29 mars 1757 et enterrée le samedi 11 août 1759 (à l'âge de deux ans et quatre mois). (C'était là en tout état de cause la petite fille très belle et très agréable vantée par son frère.)

d) Georg Adolph, baptisé le dimanche 15 juin 1760 ; enterré à l'âge de huit mois, le mercredi 18 février 1761.

La sœur la plus proche de Goethe, par son âge, Cornelia Friederica Christiana, était née le 7 décembre 1750, alors qu'il avait quinze mois. Étant donné cette différence d'âge minime, elle est à peu près exclue comme objet de jalousie. On sait que les enfants, au moment où leurs passions s'éveillent, ne développent jamais des réactions aussi violentes à l'endroit des frères et sœurs qu'ils trouvent déjà là, mais qu'ils dirigent leur aversion contre les nouveaux arrivants. De plus, la scène que nous nous efforçons d'interpréter est incompatible avec l'âge très tendre qu'avait Goethe au moment de ou peu après la naissance de Cornelia.

Lors de la naissance de son premier petit frère, Hermann Jakob, Johann Wolfgang avait trois ans et trois mois.

Ungefähr zwei Jahre später, als er etwa fünf Jahre alt war, wurde die zweite Schwester geboren. Beide Altersstufen kommen für die Datierung des Geschirrhinauswerfens in Betracht; die erstere verdient vielleicht den Vorzug, sie würde auch die bessere Übereinstimmung mit dem Falle meines Patienten ergeben, der bei der Geburt seines Bruders etwa dreidreiviertel Jahre zählte.

Der Bruder Hermann Jakob, auf den unser Deutungsversuch in solcher Art hingelenkt wird, war übrigens kein so flüchtiger Gast in der Goetheschen Kinderstube wie die späteren Geschwister. Man könnte sich verwundern, daß die Lebensgeschichte seines großen Bruders nicht ein Wörtchen des Gedenkens an ihn bringt. Er wurde über sechs Jahre alt und Joh. Wolfgang war nahe an zehn Jahre, als er starb. Dr. Ed. Hitschmann, der so freundlich war, mir seine Notizen über diesen Stoff zur Verfügung zu stellen, meint :

«*Auch der kleine Goethe hat ein Brüderchen nicht ungern sterben gesehen.* Wenigstens berichtete seine Mutter nach Bettina Brentanos Wiedererzählung folgendes : "Sonderbar fiel es der Mutter auf, daß er bei dem Tode seines jüngeren Bruders Jakob, der sein Spielkamerad war, keine Träne vergoß, er schien vielmehr eine Art Ärger über die Klagen der Eltern und Geschwister zu haben;

C'est environ deux ans après, alors qu'il avait à peu près cinq ans, que naquit sa deuxième sœur. Ces deux niveaux d'âge peuvent être envisagés pour la datation de l'éjection de la vaisselle ; c'est peut-être le premier qui mérite d'être retenu, c'est également lui qui serait le mieux en accord avec le cas de mon patient, qui comptait à peu près trois ans et neuf mois lors de la naissance de son frère.

D'autre part, le frère Hermann Jakob, vers lequel est ainsi orientée notre tentative d'interprétation, ne fut pas, dans la chambre d'enfants du foyer Goethe, un hôte aussi fugitif que les frères et sœurs ultérieurs. On pourrait s'étonner que la biographie de son grand frère ne renferme pas le moindre mot dédié à sa mémoire[1]. Il dépassa l'âge de six ans, et Johann Wolfgang n'avait pas loin de dix ans lorsqu'il mourut. Voici le sentiment du Dr Ed. Hitschmann, qui a bien voulu mettre à ma disposition ses notes à ce sujet :

« *Le petit Goethe, lui aussi, n'a pas été fâché de voir mourir un petit frère.* Voici tout au moins ce qu'en a rapporté sa mère d'après le compte rendu de Bettina Brentano : "Sa mère fut bizarrement frappée de ce que, lors de la mort de son frère cadet Jakob, qui était son camarade de jeu, il ne versât pas une larme ; il semblait plutôt éprouver une sorte d'agacement devant les lamentations de ses parents et de ses frères et sœurs ;

da die Mutter nun später den Trotzigen fragte, ob er den Bruder nicht lieb gehabt habe, lief er in seine Kammer, brachte unter dem Bett hervor eine Menge Papiere, die mit Lektionen und Geschichtchen beschrieben waren, er sagte ihr, daß er dies alles gemacht habe, um es dem Bruder zu lehren.” Der ältere Bruder hätte also immerhin gern Vater mit dem Jüngeren gespielt und ihm seine Überlegenheit gezeigt.»

Wir könnten uns also die Meinung bilden, das Geschirrhinauswerfen sei eine symbolische, oder sagen wir es richtiger: eine *magische* Handlung, durch welche das Kind (Goethe sowie mein Patient) seinen Wunsch nach Beseitigung des störenden Eindringlings zu kräftigem Ausdruck bringt. Wir brauchen das Vergnügen des Kindes beim Zerschellen der Gegenstände nicht zu bestreiten; wenn eine Handlung bereits an sich lustbringend ist, so ist dies keine Abhaltung, sondern eher eine Verlockung, sie auch im Dienste anderer Absichten zu wiederholen. Aber wir glauben nicht, daß es die Lust am Klirren und Brechen war, welche solchen Kinderstreichen einen dauernden Platz in der Erinnerung des Erwachsenen sichern konnte. Wir sträuben uns auch nicht, die Motivierung der Handlung um einen weiteren Beitrag zu komplizieren. Das Kind, welches das Geschirr zerschlägt, weiß wohl, daß es etwas Schlechtes tut, worüber die Erwachsenen schelten werden, und wenn es sich durch dieses Wissen nicht zurückhalten läßt, so hat es wahrscheinlich einen Groll gegen die Eltern zu befriedigen; es will sich schlimm zeigen.

sa mère demandant alors ensuite au récalcitrant s'il n'avait pas eu de l'affection pour son frère, il courut dans sa chambre, sortit de sous son lit un amas de papiers qui étaient couverts de leçons et d'historiettes, il lui dit qu'il avait fait tout cela pour l'enseigner à son frère." Le frère aîné aurait donc à tout le moins aimé jouer au père avec le cadet en lui montrant sa supériorité. »

Nous pourrions donc nous forger l'opinion que l'éjection de la vaisselle est un acte symbolique, ou disons plus correctement : *magique*, par lequel l'enfant (Goethe aussi bien que mon patient) exprime vigoureusement son souhait d'éliminer l'intrus gênant. Nous n'avons pas besoin de contester le contentement que procure à l'enfant le tintamarre des objets ; quand une action est déjà par elle-même dispensatrice de plaisir, cela ne porte pas à l'abstention, mais incite plutôt à la répéter également au service d'autres intentions. Mais nous ne croyons pas que ce fut le plaisir pris au fracas et au bris qui a pu assurer à de telles facéties une place durable dans le souvenir de l'adulte. Nous n'hésitons pas non plus à compliquer la motivation de l'acte par l'addition d'un nouvel élément. L'enfant qui casse la vaisselle sait bien qu'il fait quelque chose de mal, pour quoi les adultes le réprimanderont, et s'il ne se laisse pas retenir par ce savoir, c'est sans doute qu'il a une rancœur à satisfaire à l'endroit des parents ; il veut se montrer odieux.

Der Lust am Zerbrechen und am Zerbrochenen wäre auch Genüge getan, wenn das Kind die gebrechlichen Gegenstände einfach auf den Boden würfe. Die Hinausbeförderung durch das Fenster auf die Straße bliebe dabei ohne Erklärung. Dies «Hinaus» scheint aber ein wesentliches Stück der magischen Handlung zu sein und dem verborgenen Sinn derselben zu entstammen. Das neue Kind soll *fortgeschafft* werden, durchs Fenster möglicherweise darum, weil es durchs Fenster gekommen ist. Die ganze Handlung wäre dann gleichwertig jener uns bekannt gewordenen wörtlichen Reaktion eines Kindes, als man ihm mitteilte, daß der Storch ein Geschwisterchen gebracht. «Er soll es wieder mitnehmen», lautete sein Bescheid.

Indes, wir verhehlen uns nicht, wie mißlich es — von allen inneren Unsicherheiten abgesehen — bleibt, die Deutung einer Kinderhandlung auf eine einzige Analogie zu begründen. Ich hatte darum auch meine Auffassung der kleinen Szene aus «Dichtung und Wahrheit» durch Jahre zurückgehalten. Da bekam ich eines Tages einen Patienten, der seine Analyse mit folgenden, wortgetreu fixierten Sätzen einleitete :

«Ich bin das älteste von acht oder neun Geschwistern. Eine meiner ersten Erinnerungen ist, daß der Vater, in Nachtkleidung auf seinem Bette sitzend, mir lachend erzählt, daß ich einen Bruder bekommen habe. Ich war damals dreidreiviertel Jahre alt; so groß ist der Altersunterschied zwischen mir und meinem nächsten Bruder.

Le plaisir pris à l'acte de briser et aux objets brisés serait également assouvi si l'enfant se contentait de jeter par terre les objets cassables. Le fait qu'il les envoie dehors, dans la rue, par la fenêtre resterait alors inexpliqué. Or ce *dehors* semble être une composante essentielle de l'acte magique et émaner du sens caché de celui-ci. Il faut que le nouvel enfant soit *expulsé*, si possible par la fenêtre, parce que c'est par là qu'il est venu. La totalité de l'acte serait alors équivalente à cette réaction littérale, qui nous a été rapportée, d'un enfant à la nouvelle que la cigogne lui avait apporté un petit frère. « Eh bien, qu'elle le remporte », fut sa réponse[a].

Cependant, nous ne nous dissimulons pas combien il demeure périlleux — toutes incertitudes internes mises à part — de fonder l'interprétation de l'acte d'un enfant sur une seule analogie. C'est pourquoi, d'ailleurs, j'avais gardé pour moi pendant des années ma conception de la petite scène de *Poésie et vérité*. Je reçus sur ces entrefaites un patient qui introduisit son analyse par les phrases suivantes que j'ai fixées mot à mot :

« Je suis l'aîné de huit ou neuf enfants[1]. L'un de mes premiers souvenirs est que mon père, assis sur son lit en costume de nuit, me raconte en riant que je viens d'avoir un petit frère. J'avais alors trois ans et neuf mois ; c'est là la différence d'âge entre moi et le frère qui me suit.

Dann weiß ich, daß ich kurze Zeit nachher (oder war es ein Jahr vorher?) einmal verschiedene Gegenstände, Bürsten — oder war es nur eine Bürste? — Schuhe und anderes aus dem Fenster auf die Straße geworfen habe. Ich habe auch noch eine frühere Erinnerung. Als ich zwei Jahre alt war, übernachtete ich mit den Eltern in einem Hotelzimmer in Linz auf der Reise ins Salzkammergut. Ich war damals so unruhig in der Nacht und machte ein solches Geschrei, daß mich der Vater schlagen mußte.»

Vor dieser Aussage ließ ich jeden Zweifel fallen. Wenn bei analytischer Einstellung zwei Dinge unmittelbar nacheinander, wie in einem Atem vorgebracht werden, so sollen wir diese Annäherung auf Zusammenhang umdeuten. Es war also so, als ob der Patient gesagt hätte : *Weil* ich erfahren, daß ich einen Bruder bekommen habe, habe ich einige Zeit nachher jene Gegenstände auf die Straße geworfen. Das Hinauswerfen der Bürsten, Schuhe usw. gibt sich als Reaktion auf die Geburt des Bruders zu erkennen. Es ist auch nicht unerwünscht, daß die fortgeschafften Gegenstände in diesem Falle nicht Geschirr, sondern andere Dinge waren, wahrscheinlich solche, wie sie das Kind eben erreichen konnte... Das Hinausbefördern (durchs Fenster auf die Straße) erweist sich so als das Wesentliche der Handlung, die Lust am Zerbrechen, am Klirren und die Art der Dinge, an denen «die Exekution vollzogen wird», als inkonstant und unwesentlich.

Ensuite je sais qu'un jour, peu de temps après
(ou était-ce un an avant?) [1], j'ai jeté divers objets,
brosses — ou n'était-ce qu'une brosse? —, souliers et autres choses, dans la rue par la fenêtre.
J'ai également encore un souvenir plus ancien.
Alors que j'avais deux ans, je passai la nuit avec
mes parents dans une chambre d'hôtel à Linz, au
cours d'un voyage dans le Salzkammergut. Je fus
alors si agité pendant la nuit, et je poussai de tels
cris, que mon père fut obligé de me battre. »

Devant cette déclaration, je laissai tomber tous
mes doutes. Quand, dans une situation analytique, deux choses sont rapportées immédiate-
ment l'une après l'autre, comme d'une haleine,
il nous faut interpréter cette proximité comme
une corrélation. Donc, c'était comme si le patient
avait dit : *parce que* j'ai appris que je venais d'avoir
un frère, j'ai quelque temps après jeté ces objets
dans la rue. L'éjection des brosses, souliers, etc.,
se donne à reconnaître comme réaction à la naissance du frère. Il n'est pas non plus pour nous
déplaire que, cette fois-ci, les objets expulsés ne
furent pas de la vaisselle, mais d'autres choses,
sans doute de celles qui se trouvaient à portée de
la main de l'enfant... Le fait d'envoyer dehors
(dans la rue, par la fenêtre) s'avère ainsi être l'essentiel de l'acte, tandis que le plaisir pris au bris,
au fracas, et la nature des choses sur lesquelles
« l'exécution est perpétrée », s'avèrent être non
constants et inessentiels.

Natürlich gilt die Forderung des Zusammenhanges auch für die dritte Kindheitserinnerung
des Patienten, die, obwohl die früheste, an das
Ende der kleinen Reihe gerückt ist. Es ist leicht,
sie zu erfüllen. Wir verstehen, daß das zweijäh-
rige Kind darum so unruhig war, weil es das Bei-
sammensein von Vater und Mutter im Bette nicht
leiden wollte. Auf der Reise war es wohl nicht
anders möglich, als das Kind zum Zeugen dieser
Gemeinschaft werden zu lassen. Von den Gefüh-
len, die sich damals in dem kleinen Eifersüch-
tigen regten, ist ihm die Erbitterung gegen das
Weib verblieben, und diese hat eine dauernde
Störung seiner Liebesentwicklung zur Folge
gehabt.

Als ich nach diesen beiden Erfahrungen im
Kreise der psychoanalytischen Gesellschaft die
Erwartung äußerte, Vorkommnisse solcher Art
dürften bei kleinen Kindern nicht zu den Selten-
heiten gehören, stellte mir Frau Dr. v. Hug-Hellmuth zwei weitere Beobachtungen zur Verfügung,
die ich hier folgen lasse :

I

Mit zirka dreieinhalb Jahren hatte der kleine
Erich «urplötzlich» die Gewohnheit angenommen,
alles, was ihm nicht paßte, zum Fenster hinaus-
zuwerfen. Aber er tat es auch mit Gegenständen,
die ihm nicht im Wege waren und ihn nichts
angingen.

Bien sûr, l'exigence de corrélation vaut également pour le troisième souvenir d'enfance du patient, qui, bien que le plus ancien, est placé à la fin de la petite série. Il est facile d'y satisfaire. Nous comprenons que l'enfant de deux ans était si agité parce qu'il ne pouvait souffrir que son père et sa mère fussent au lit ensemble. Pendant le voyage, on ne pouvait sans doute pas faire autrement que de laisser l'enfant devenir le témoin de cette communauté. Des sentiments qui se sont alors éveillés chez le petit jaloux, il lui est resté le ressentiment à l'encontre de la femme, et celui-ci a entraîné une perturbation durable de son évolution amoureuse.

Lorsque, à la suite de ces deux expériences, j'émis, au sein de la Société psychanalytique, l'hypothèse que des événements de cette sorte, chez de petits enfants, ne devaient pas être rares, Madame le Dr von Hug-Hellmuth me soumit deux autres observations que je rapporte ci-dessous.

I

À l'âge d'environ trois ans et demi, le petit Erich avait « brusquement » pris l'habitude de jeter par la fenêtre tout ce qui ne lui convenait pas. Mais il le faisait aussi avec des objets qui ne le gênaient pas et qui ne le concernaient pas.

Gerade am Geburtstag des Vaters — da zählte er drei Jahre viereinhalb Monate — warf er eine schwere Teigwalze, die er flugs aus der Küche ins Zimmer geschleppt hatte, aus einem Fenster der im dritten Stockwerk gelegenen Wohnung auf die Straße. Einige Tage später ließ er den Mörserstößel, dann ein Paar schwerer Bergschuhe des Vaters, die er erst aus dem Kasten nehmen mußte, folgen.

Damals machte die Mutter im siebenten oder achten Monate ihrer Schwangerschaft eine *fausse couche*, nach der das Kind «wie ausgewechselt brav und zärtlich still» war. Im fünften oder sechsten Monate sagte er wiederholt zur Mutter: «Mutti, ich spring' dir auf den Bauch» oder «Mutti, ich drück' dir den Bauch ein». Und kurz vor der *fausse couche*, im Oktober: «Wenn ich schon einen Bruder bekommen soll, so wenigstens erst nach dem Christkindl.»

II

Eine junge Dame von neunzehn Jahren gibt spontan als früheste Kindheitserinnerung folgende: «Ich sehe mich furchtbar ungezogen, zum Hervorkriechen bereit, unter dem Tische im Speisezimmer sitzen. Auf dem Tische steht meine Kaffeeschale — ich sehe noch jetzt deutlich das Muster des Porzellans vor mir, — die ich in dem Augenblick, als Großmama ins Zimmer trat, zum Fenster hinauswerfen wollte.

Justement le jour de l'anniversaire de son père
— il comptait alors trois ans et quatre mois et
demi —, il jeta dans la rue un lourd rouleau à
pâtisserie qu'il avait traîné directement de la cuisine dans la chambre, par une fenêtre de l'appartement situé au troisième étage. Quelques jours
plus tard, il le fit suivre d'un pilon à mortier, puis
d'une paire de lourdes chaussures de montagne
de son père, qu'il lui avait fallu d'abord retirer de
l'armoire[1].

À cette époque, sa mère fit au septième ou hui-
tième mois de sa grossesse une fausse couche, à la
suite de laquelle l'enfant fut « sage et tendrement
tranquille, comme transformé ». Au cours du cin-
quième ou sixième mois, il dit à plusieurs reprises
à sa mère : « Maman, je vais te sauter sur le ventre »
ou bien « Maman, je vais t'enfoncer le ventre ». Et
peu avant la fausse couche, en octobre : « Si je
dois vraiment avoir un frère, alors que ce soit au
moins après le petit Jésus[a]. »

II

Une jeune femme de dix-neuf ans donne spontanément comme souvenir d'enfance le plus
ancien ce qui suit :

« Je me vois terriblement mal élevée, assise sous
la table de la salle à manger, prête à en sortir à
quatre pattes. Sur la table se trouve mon bol à café
— j'ai encore nettement devant les yeux les des-
sins de la porcelaine —, que j'avais l'intention de
jeter par la fenêtre au moment où grand-maman
entra.

Es hatte sich nämlich niemand um mich gekümmert, und indessen hatte sich auf dem Kaffee eine "Haut" gebildet, was mir immer fürchterlich war und heute noch ist.

An diesem Tage wurde mein um zweieinhalb Jahre jüngerer Bruder geboren, deshalb hatte niemand Zeit für mich.

Man erzählt mir noch immer, daß ich an diesem Tage unausstehlich war; zu Mittag hatte ich das Lieblingsglas des Papas vom Tische geworfen, tagsüber mehrmals mein Kleidchen beschmutzt und war von früh bis abends übelster Laune. Auch ein Badepüppchen hatte ich in meinem Zorne zertrümmert.»

Diese beiden Fälle bedürfen kaum eines Kommentars. Sie bestätigen ohne weitere analytische Bemühung, daß die Erbitterung des Kindes über das erwartete oder erfolgte Auftreten eines Konkurrenten sich in dem Hinausbefördern von Gegenständen durch das Fenster wie auch durch andere Akte von Schlimmheit und Zerstörungssucht zum Ausdruck bringt. In der ersten Beobachtung symbolisieren wohl die «schweren Gegenstände» die Mutter selbst, gegen welche sich der Zorn des Kindes richtet, solange das neue Kind noch nicht da ist. Der dreieinhalbjährige Knabe weiß um die Schwangerschaft der Mutter und ist nicht im Zweifel darüber, daß sie das Kind in ihrem Leibe beherbergt. Man muß sich hiebei an den «kleinen Hans» erinnern und an seine besondere Angst vor schwer beladenen Wagen. An der zweiten Beobachtung ist das frühe Alter des Kindes, zweieinhalb Jahre, bemerkenswert.

« En effet personne ne s'était occupé de moi, et entre-temps s'était formée sur le café une "peau", que j'ai toujours eue en horreur et que j'ai en horreur encore aujourd'hui.

« C'était le jour de la naissance de mon frère qui est mon cadet de deux ans et demi, c'est pourquoi personne n'avait de temps pour moi.

« On me raconte encore que ce jour-là je fus insupportable ; à midi j'avais jeté à bas de la table le verre préféré de papa, je n'avais pas arrêté de salir ma petite robe toute la journée, et j'avais été du soir au matin de la pire humeur. J'avais aussi détruit une poupée de bain dans ma colère. »

Ces deux cas se passent pratiquement de commentaire. Ils confirment, sans qu'il soit besoin de plus amples efforts analytiques, que le ressentiment de l'enfant provoqué par l'attente ou l'arrivée d'un concurrent s'exprime par l'expulsion d'objets à travers la fenêtre ainsi que par d'autres actes de méchanceté ou de destructivité. Dans la première observation, les « objets lourds » symbolisent sans doute la mère elle-même, que vise la colère de l'enfant, aussi longtemps que le nouvel enfant n'est pas encore là. Le garçon de trois ans et demi est au courant de la grossesse de sa mère et ne nourrit aucun doute quant au fait que celle-ci héberge l'enfant dans son sein. Il faut à ce sujet se souvenir du « petit Hans[1] » et de son angoisse particulière devant des voitures lourdement chargées[2]. Ce qui est remarquable dans la deuxième observation, c'est le jeune âge de l'enfant : deux ans et demi.

Wenn wir nun zur Kindheitserinnerung Goethes zurückkehren und an ihrer Stelle in «Dichtung und Wahrheit» einsetzen, was wir aus der Beobachtung anderer Kinder erraten zu haben glauben, so stellt sich ein tadelloser Zusammenhang her, den wir sonst nicht entdeckt hätten. Es heißt dann: Ich bin ein Glückskind gewesen; das Schicksal hat mich am Leben erhalten, obwohl ich für tot zur Welt gekommen bin. Meinen Bruder aber hat es beseitigt, so daß ich die Liebe der Mutter nicht mit ihm zu teilen brauchte. Und dann geht der Gedankenweg weiter, zu einer anderen in jener Frühzeit Verstorbenen, der Großmutter, die wie ein freundlicher, stiller Geist in einem anderen Wohnraum hauste.

Ich habe es aber schon an anderer Stelle ausgesprochen: Wenn man der unbestrittene Liebling der Mutter gewesen ist, so behält man fürs Leben jenes Eroberergefühl, jene Zuversicht des Erfolges, welche nicht selten wirklich den Erfolg nach sich zieht. Und eine Bemerkung solcher Art wie: Meine Stärke wurzelt in meinem Verhältnis zur Mutter, hätte Goethe seiner Lebensgeschichte mit Recht voranstellen dürfen.

Si nous revenons maintenant au souvenir d'enfance de Goethe, et insérons à l'endroit où il se situe dans *Poésie et vérité* ce que nous croyons avoir deviné par l'observation d'autres enfants, nous voyons se constituer une cohérence impeccable que nous n'aurions pas découverte autrement. On y lit alors : « J'ai été un enfant chanceux ; le destin m'a maintenu en vie bien que je fusse donné pour mort lorsque je vins au monde. Mais il a éliminé mon frère, de sorte que je n'ai pas eu à partager avec lui l'amour de ma mère. » Et ensuite le cheminement de la pensée se poursuit jusqu'à une autre défunte de ce temps ancien, la grand-mère, qui demeurait comme un esprit aimable et silencieux dans une autre pièce d'habitation.

Or je l'ai déjà exprimé à un autre endroit[a] : quand on a été le favori incontesté de sa mère, on en garde pour la vie ce sentiment conquérant, cette assurance du succès, dont il n'est pas rare qu'elle entraîne effectivement après soi le succès. Et une remarque du genre : ma force s'enracine dans ma relation à ma mère, aurait pu être mise à juste titre par Goethe en exergue à sa biographie.

NOTES

Page 203.

a. Voir chap. IV de la *Psychopathologie de la vie quotidienne.*

b. Cf. une note de Freud près du début de sa relation du cas de l'« Homme aux rats ».

Page 213.

1. *Addition 1924* : Je profite de cette occasion pour retirer une affirmation inexacte qui n'aurait pas dû être avancée. En effet, dans un passage ultérieur de ce premier livre, le frère cadet est mentionné et dépeint. Cela se produit au moment où sont rappelées les fâcheuses maladies infantiles dont ce frère également « ne souffrit pas peu ». « Il était d'une nature délicate, silencieux et entêté, et il n'y eut jamais de véritable relation entre nous. Il dépassa d'ailleurs à peine les années d'enfance. »

Page 217.

1. Erreur fugace assez frappante. On ne peut récuser le fait qu'elle est déjà induite par la tendance à éliminer le frère. (Cf. Ferenczi : « Über passagere Symptombildungen während der Analyse » (À propos de formations symptomatiques passagères pendant l'analyse). *Zentralblatt für Psychoanalyse II*, 1912.)

a. Cf. *L'interprétation du rêve*, chap. V.

Page 219.

1. Ce doute, corrodant au titre de la résistance le point essentiel de la communication, fut retiré spontanément par le patient peu après.

Page 223.

1. Il choisissait toujours des objets lourds.
a. C'est-à-dire après Noël.

Page 225.

1. « Analyse d'une phobie d'un petit garçon de cinq ans », le petit Hans.
2. De cette symbolique de la grossesse, une femme de plus de cinquante ans m'a apporté il y a quelque temps une confirmation supplémentaire. On lui avait raconté à plusieurs reprises qu'alors qu'elle était un petit enfant qui pouvait à peine parler, elle avait coutume d'attirer son père à la fenêtre, en proie à l'excitation, quand une lourde voiture transportant des meubles passait dans la rue. Compte tenu de ses souvenirs des lieux qu'elle a habités, on peut établir qu'elle avait alors moins de deux ans et neuf mois. À cette époque naquit son frère puîné et, par suite de cet accroissement de la famille, on dut déménager. À peu près à la même époque, elle éprouvait souvent avant de s'endormir la sensation angoissée de quelque chose d'extraordinairement grand qui se dirigeait vers elle, et alors « elle avait les mains tout enflées ».

Page 227.

a. Dans une note ajoutée en 1911 au chapitre VI (E) de *L'interprétation du rêve*.

Der Dichter
und das Phantasieren[a]

Le créateur littéraire
et l'activité imaginative

a. Première édition :
  Neue Revue, tome 1 (10) (1908)
  Éditions courantes :
  Gesammelte Werke, tome 7 (1941), Fischer Verlag.
  Werke im Taschenbuch, Fischer Verlag, nº 10456, Der
  Moses des Michelangelo.

Cet essai a pour point de départ une conférence que Freud
fit le 6 décembre 1907 dans les locaux de l'éditeur et libraire
viennois Hugo Heller, membre de la Société psychanalytique
de Vienne. La version définitive rédigée par Freud ne parut
qu'au début de 1908 dans la *Neue Revue*, revue littéraire qui
venait de se créer à Berlin.

Uns Laien hat es immer mächtig gereizt zu wissen, woher diese merkwürdige Persönlichkeit, der Dichter, seine Stoffe nimmt, — etwa im Sinne der Frage, die jener Kardinal an den Ariosto richtete, — und wie er es zustande bringt, uns mit ihnen so zu ergreifen, Erregungen in uns hervorzurufen, deren wir uns vielleicht nicht einmal für fähig gehalten hätten. Unser Interesse hiefür wird nur gesteigert durch den Umstand, daß der Dichter selbst, wenn wir ihn befragen, uns keine oder keine befriedigende Auskunft gibt, und wird gar nicht gestört durch unser Wissen, daß die beste Einsicht in die Bedingungen der dichterischen Stoffwahl und in das Wesen der poetischen Gestaltungskunst nichts dazu beitragen würde, uns selbst zu Dichtern zu machen.

Wenn wir wenigstens bei uns oder bei unsergleichen eine dem Dichten irgendwie verwandte Tätigkeit auffinden könnten!

Cela nous a toujours puissamment démangés, nous autres profanes, de savoir où cette singulière personnalité, le créateur littéraire, va prendre sa matière — dans l'esprit, par exemple, de la fameuse question qu'adressa le cardinal à l'Arioste[a], — et comment il parvient, par elle, à tellement nous saisir, à provoquer en nous des émotions dont nous ne nous serions peut-être même pas crus capables. Notre intérêt pour ce sujet n'est qu'attisé par le fait que le créateur, même quand nous l'interrogeons, ne nous donne pas de renseignement, ou pas de renseignement satisfaisant, et il n'est nullement perturbé par le fait que nous savons que les meilleurs aperçus sur les conditions du choix de la matière littéraire et sur l'essence de l'art de la mise en forme poétique ne contribueraient en rien à faire de nous-mêmes des créateurs.

Si nous pouvions à tout le moins découvrir en nous ou chez nos semblables une activité qui soit d'une manière ou d'une autre apparentée à la création littéraire !

Die Untersuchung derselben ließe uns hoffen, eine erste Aufklärung über das Schaffen des Dichters zu gewinnen. Und wirklich, dafür ist Aussicht vorhanden; — die Dichter selbst lieben es ja, den Abstand zwischen ihrer Eigenart und allgemein menschlichem Wesen zu verringern; sie versichern uns so häufig, daß in jedem Menschen ein Dichter stecke und daß der letzte Dichter erst mit dem letzten Menschen sterben werde.

Sollten wir die ersten Spuren dichterischer Betätigung nicht schon beim Kinde suchen? Die liebste und intensivste Beschäftigung des Kindes ist das Spiel. Vielleicht dürfen wir sagen : Jedes spielende Kind benimmt sich wie ein Dichter, indem es sich eine eigene Welt erschafft oder, richtiger gesagt, die Dinge seiner Welt in eine neue, ihm gefällige Ordnung versetzt. Es wäre dann unrecht zu meinen, es nähme diese Welt nicht ernst; im Gegenteil, es nimmt sein Spiel sehr ernst, es verwendet große Affektbeträge darauf. Der Gegensatz zu Spiel ist nicht Ernst, sondern — Wirklichkeit. Das Kind unterscheidet seine Spielwelt sehr wohl, trotz aller Affektbesetzung, von der Wirklichkeit und lehnt seine imaginierten Objekte und Verhältnisse gerne an greifbare und sichtbare Dinge der wirklichen Welt an. Nichts anderes als diese Anlehnung unterscheidet das «Spielen» des Kindes noch vom «Phantasieren».

Der Dichter tut nun dasselbe wie das spielende Kind;

En l'examinant, nous pourrions espérer obtenir un premier éclaircissement sur la production du créateur. Et de fait, cette espérance a quelque fondement, — les écrivains se plaisent eux-mêmes en effet à diminuer la distance qui sépare leur particularité de l'essence humaine générale; ils nous assurent si fréquemment qu'en chaque homme se cache un poète et que le dernier poète ne mourra qu'avec le dernier homme.

Ne devrions-nous pas chercher les premières traces d'activité littéraire déjà chez l'enfant? L'occupation la plus chère et la plus intense de l'enfant est le jeu. Peut-être sommes-nous autorisé à dire : chaque enfant qui joue se comporte comme un poète, dans la mesure où il se crée un monde propre, ou, pour parler plus exactement, il arrange les choses de son monde suivant un ordre nouveau, à sa convenance. Ce serait un tort de penser alors qu'il ne prend pas ce monde au sérieux; au contraire, il prend son jeu très au sérieux, il y engage de grandes quantités d'affect. L'opposé du jeu n'est pas le sérieux, mais... la réalité. L'enfant distingue très bien son monde ludique, en dépit de tout son investissement affectif, de la réalité, et il aime étayer ses objets et ses situations imaginés sur des choses palpables et visibles du monde réel. Ce n'est rien d'autre que cet étayage qui distingue encore le «jeu» de l'enfant de l'«activité imaginative».

Or, le créateur littéraire fait la même chose que l'enfant qui joue;

er erschafft eine Phantasiewelt, die er sehr ernst
nimmt, d. h. mit großen Affektbeträgen ausstattet,
während er sie von der Wirklichkeit scharf son-
dert. Und die Sprache hat diese Verwandtschaft
von Kinderspiel und poetischem Schaffen fest-
gehalten, indem sie solche Veranstaltungen des
Dichters, welche der Anlehnung an greifbare
Objekte bedürfen, welche der Darstellung fähig
sind, als *Spiele : Lustspiel, Trauerspiel*, und die Person, welche sie darstellt, als *Schauspieler* bezeich-
net. Aus der Unwirklichkeit der dichterischen
Welt ergeben sich aber sehr wichtige Folgen für
die künstlerische Technik, denn vieles, was als
real nicht Genuß bereiten könnte, kann dies doch
im Spiele der Phantasie, viele an sich eigentlich
peinliche Erregungen können für den Hörer und
Zuschauer des Dichters zur Quelle der Lust werden.

Verweilen wir einer anderen Beziehung wegen
noch einen Augenblick bei dem Gegensatze von
Wirklichkeit und Spiel! Wenn das Kind herange-
wachsen ist und aufgehört hat zu spielen, wenn
es sich durch Jahrzehnte seelisch bemüht hat,
die Wirklichkeiten des Lebens mit dem erforderlichen Ernste zu erfassen, so kann es eines Tages
in eine seelische Disposition geraten, welche den
Gegensatz zwischen Spiel und Wirklichkeit wieder aufhebt.

il crée un monde imaginaire, qu'il prend très au sérieux, c'est-à-dire qu'il dote de grandes quantités d'affect, tout en le séparant nettement de la réalité. Et le langage a conservé cette parenté entre jeu enfantin et création poétique, lorsqu'il qualifie des dispositifs littéraires qui ont besoin d'être étayés sur des objets saisissables, qui sont susceptibles de représentation, de *Spiele* (jeux) : *Lustspiel* (comédie), *Trauerspiel* (tragédie), et la personne qui les représente, de *Schauspieler* (acteur)[a]. Mais de l'irréalité du monde de la création littéraire, il résulte des conséquences très importantes pour la technique artistique, car beaucoup de choses qui, en tant que réelles, ne pourraient pas procurer de jouissance le peuvent tout de même, prises dans le jeu de l'imagination ; beaucoup d'émotions qui sont par elles-mêmes proprement pénibles peuvent devenir, pour l'auditeur ou le spectateur du créateur littéraire, source de plaisir.

Attardons-nous encore un instant, pour établir un autre rapport, sur l'opposition entre réalité et jeu. Quand l'enfant est devenu adulte et a cessé de jouer, quand pendant des décennies il s'est psychiquement efforcé d'appréhender les réalités de la vie avec le sérieux requis, il peut un beau jour tomber dans une disposition psychique qui supprime à nouveau l'opposition entre jeu et réalité.

Der Erwachsene kann sich darauf besinnen, mit welchem hohen Ernst er einst seine Kinderspiele betrieb, und indem er nun seine vorgeblich ernsten Beschäftigungen jenen Kinderspielen gleichstellt, wirft er die allzu schwere Bedrückung durch das Leben ab und erringt sich den hohen Lustgewinn des *Humors*.

Der Heranwachsende hört also auf zu spielen, er verzichtet scheinbar auf den Lustgewinn, den er aus dem Spiele bezog. Aber wer das Seelenleben des Menschen kennt, der weiß, daß ihm kaum etwas anderes so schwer wird wie der Verzicht auf einmal gekannte Lust. Eigentlich können wir auf nichts verzichten, wir vertauschen nur eines mit dem andern; was ein Verzicht zu sein scheint, ist in Wirklichkeit eine Ersatz- oder Surrogatbildung. So gibt auch der Heranwachsende, wenn er aufhört zu spielen, nichts anderes auf als die Anlehnung an reale Objekte; anstatt zu spielen phantasiert er jetzt. Er baut sich Luftschlösser, schafft das, was man Tagträume nennt. Ich glaube, daß die meisten Menschen zu Zeiten ihres Lebens Phantasien bilden. Es ist das eine Tatsache, die man lange Zeit übersehen und deren Bedeutung man darum nicht genug gewürdigt hat.

Das Phantasieren der Menschen ist weniger leicht zu beobachten als das Spielen der Kinder. Das Kind spielt zwar auch allein oder es bildet mit anderen Kindern ein geschlossenes psychisches System zum Zwecke des Spieles, aber wenn es auch den Erwachsenen nichts vorspielt, so verbirgt es doch sein Spielen nicht vor ihnen.

L'adulte peut se remémorer avec quel profond sérieux il s'adonnait autrefois à ses jeux d'enfant, et en assimilant maintenant ses occupations, qui se prétendent sérieuses, à ces jeux d'enfant, il se débarrasse de l'oppression trop lourde que fait peser sur lui la vie et conquiert le haut gain de plaisir qu'est l'*humour*[a].

L'adolescent cesse donc de jouer, il renonce apparemment au gain de plaisir qu'il tirait du jeu. Mais quiconque connaît la vie psychique de l'homme sait que presque rien ne lui est aussi difficile que de renoncer à un plaisir qu'il a une fois connu. À vrai dire, nous ne pouvons renoncer à rien, nous ne faisons que remplacer une chose par une autre ; ce qui paraît être un renoncement est en réalité une formation substitutive ou un succédané. De même, l'adolescent, quand il cesse de jouer, n'abandonne rien d'autre que l'étayage sur des objets réels ; au lieu de *jouer*, maintenant, il *fantasme*. Il se construit des châteaux en Espagne[b], il crée ce qu'on appelle des rêves diurnes. Je crois que la plupart des hommes, en certaines périodes de leur vie, forment des fantasmes. C'est là un fait qu'on a pendant longtemps ignoré, et dont on a, pour cette raison, sous-estimé l'importance.

L'activité imaginative des hommes est moins facile à observer que le jeu des enfants. L'enfant, il est vrai, joue aussi tout seul, ou bien il constitue avec d'autres enfants un système psychique clos à des fins ludiques, mais même s'il ne joue rien pour les adultes, il ne leur cache pas pour autant son jeu.

Der Erwachsene aber schämt sich seiner Phantasien und versteckt sie vor anderen, er hegt sie als seine eigensten Intimitäten, er würde in der Regel lieber seine Vergehungen eingestehen als seine Phantasien mitteilen. Es mag vorkommen, daß er sich darum für den einzigen hält, der solche Phantasien bildet, und von der allgemeinen Verbreitung ganz ähnlicher Schöpfungen bei anderen nichts ahnt. Dies verschiedene Verhalten des Spielenden und des Phantasierenden findet seine gute Begründung in den Motiven der beiden einander doch fortsetzenden Tätigkeiten.

Das Spielen des Kindes wurde von Wünschen dirigiert, eigentlich von dem einen Wunsche, der das Kind erziehen hilft, vom Wunsche : groß und erwachsen zu sein. Es spielt immer «groß sein», imitiert im Spiele, was ihm vom Leben der Großen bekannt geworden ist. Es hat nun keinen Grund, diesen Wunsch zu verbergen. Anders der Erwachsene; dieser weiß einerseits, daß man von ihm erwartet, nicht mehr zu spielen oder zu phantasieren, sondern in der wirklichen Welt zu handeln, und anderseits sind unter den seine Phantasien erzeugenden Wünschen manche, die es überhaupt zu verbergen nottut; darum schämt er sich seines Phantasierens als kindisch und als unerlaubt.

Sie werden fragen, woher man denn über das Phantasieren der Menschen so genau Bescheid wisse, wenn es von ihnen mit soviel Geheimtun verhüllt wird.

En revanche, l'adulte a honte de ses fantasmes et les dissimule aux autres, il les cultive comme sa vie intime la plus personnelle[a]; en règle générale, il préférerait confesser ses manquements plutôt que de communiquer ses fantasmes. Il peut arriver que, pour cette raison, il se croie le seul à former de tels fantasmes, et qu'il ne pressente rien de la diffusion universelle de créations tout à fait analogues chez d'autres. Cette différence de comportement entre celui qui joue et celui qui fantasme a son fondement dans les motifs des deux activités dont l'une ne fait pourtant que continuer l'autre.

Le jeu de l'enfant était guidé par des souhaits, proprement par le souhait qui aide à éduquer l'enfant : le souhait d'être grand et adulte. Il joue toujours à « être grand », il imite dans ses jeux ce qui lui est devenu connu de la vie des grands. Or, il n'a aucune raison de cacher ce souhait. Il en va autrement de l'adulte ; celui-ci sait d'une part qu'on attend de lui qu'il ne joue plus ou ne fantasme plus, mais qu'il agisse dans le monde réel, et d'autre part, parmi les souhaits qui produisent ses fantasmes, il y en a beaucoup qu'il est tout simplement impératif de cacher ; c'est pourquoi il a honte de son activité imaginative comme de quelque chose d'infantile et d'interdit.

Vous me demanderez comment il se fait qu'on soit si bien informé de l'activité imaginative des hommes, si celle-ci est voilée par eux par tant de mystère.

Nun, es gibt eine Gattung von Menschen, denen
zwar nicht ein Gott, aber eine strenge Göttin
— die Notwendigkeit — den Auftrag erteilt hat zu
sagen, was sie leiden und woran sie sich erfreuen.
Es sind dies die Nervösen, die dem Arzte, von
dem sie Herstellung durch psychische Behandlung erwarten, auch ihre Phantasien eingestehen
müssen; aus dieser Quelle stammt unsere beste
Kenntnis, und wir sind dann zu der wohl begrün-
deten Vermutung gelangt, daß unsere Kranken
uns nichts anderes mitteilen, als was wir auch
von den Gesunden erfahren könnten.

Gehen wir daran, einige der Charaktere des
Phantasierens kennen zu lernen. Man darf sagen,
der Glückliche phantasiert nie, nur der Unbefriedigte. Unbefriedigte Wünsche sind die Trieb-
kräfte der Phantasien, und jede einzelne Phantasie
ist eine Wunscherfüllung, eine Korrektur der
unbefriedigenden Wirklichkeit. Die treibenden
Wünsche sind verschieden je nach Geschlecht,
Charakter und Lebensverhältnissen der phantasierenden Persönlichkeit; sie lassen sich aber ohne
Zwang nach zwei Hauptrichtungen gruppieren.
Es sind entweder ehrgeizige Wünsche, welche der
Erhöhung der Persönlichkeit dienen, oder ero-
tische. Beim jungen Weibe herrschen die erotischen Wünsche fast ausschließend, denn sein
Ehrgeiz wird in der Regel vom Liebesstreben auf-
gezehrt; beim jungen Manne sind neben den
erotischen die eigensüchtigen und ehrgeizigen
Wünsche vordringlich genug.

Eh bien, il existe une catégorie d'humains auxquels non pas un dieu, il est vrai, mais une sévère déesse — la Nécessité — a donné pour charge de dire ce qu'ils souffrent et de quoi ils se réjouissent[a]. Ce sont les nerveux, qui doivent confesser au médecin dont ils attendent un rétablissement par traitement psychique jusqu'à leurs fantasmes; c'est de cette source que proviennent nos meilleures connaissances, et nous sommes ensuite parvenus à la conjecture bien fondée que nos malades ne nous communiquent rien d'autre que ce que nous pourrions également apprendre de la bouche des bien portants.

Faisons maintenant connaissance avec quelques-uns des caractères de l'activité imaginative. On est en droit de dire que l'homme heureux ne fantasme jamais, seulement l'homme insatisfait. Les souhaits insatisfaits sont les forces motrices des fantasmes, et chaque fantasme particulier est l'accomplissement d'un souhait, un correctif de la réalité non satisfaisante. Les souhaits moteurs sont différents suivant le sexe, le caractère et les conditions de vie de la personnalité qui fantasme; mais ils se laissent regrouper, sans forcer les choses, suivant deux directions principales. Ce sont des souhaits ou bien ambitieux, destinés à rehausser la personnalité, ou bien érotiques. Chez la jeune femme, ce sont les souhaits érotiques qui dominent de façon presque exclusive, car son ambition est en général absorbée par son aspiration amoureuse; chez le jeune homme, outre les souhaits érotiques, les souhaits égoïstes et ambitieux sont nettement prioritaires.

Doch wollen wir nicht den Gegensatz beider
Richtungen, sondern vielmehr deren häufige
Vereinigung betonen; wie in vielen Altarbildern
in einer Ecke das Bildnis des Stifters sichtbar ist,
so können wir an den meisten ehrgeizigen Phantasien in irgend einem Winkel die Dame entdek-
ken, für die der Phantast all diese Heldentaten
vollführt, der er alle Erfolge zu Füßen legt. Sie
sehen, hier liegen genug starke Motive zum Verbergen vor; dem wohlerzogenen Weibe wird
ja überhaupt nur ein Minimum von erotischer
Bedürftigkeit zugebilligt, und der junge Mann
soll das Übermaß von Selbstgefühl, welches er
aus der Verwöhnung der Kindheit mitbringt,
zum Zwecke der Einordnung in die an ähnlich
anspruchsvollen Individuen so reiche Gesellschaft
unterdrücken lernen.

Die Produkte dieser phantasierenden Tätigkeit,
die einzelnen Phantasien, Luftschlösser oder Tagträume dürfen wir uns nicht als starr und unver-
änderlich vorstellen. Sie schmiegen sich vielmehr
den wechselnden Lebenseindrücken an, verän-
dern sich mit jeder Schwankung der Lebenslage,
empfangen von jedem wirksamen neuen Eindrucke eine sogenannte «Zeitmarke». Das Verhältnis der Phantasie zur Zeit ist überhaupt sehr
bedeutsam. Man darf sagen: eine Phantasie
schwebt gleichsam zwischen drei Zeiten, den drei
Zeitmomenten unseres Vorstellens.

Cependant, nous ne voulons pas accentuer l'opposition entre les deux directions, mais bien plutôt leur conjonction fréquente; de même que sur beaucoup de retables, on peut voir dans un angle le portrait du donateur, de même, dans la plupart des fantasmes d'ambition, nous pouvons découvrir dans quelque recoin la dame pour qui leur auteur accomplit toutes ses prouesses et aux pieds de laquelle il va déposer tous ses succès. Vous voyez qu'ici il y a des motifs de dissimulation suffisamment forts; en effet, la femme bien élevée ne se voit reconnaître en général qu'un minimum de besoin érotique, et le jeune homme doit apprendre, afin de s'intégrer dans une société si riche en individus nourrissant des prétentions analogues, à réprimer l'excès d'amour-propre qui lui vient des gâteries de son enfance.

Quant aux produits de cette activité imaginative, fantasmes, châteaux en Espagne ou rêves diurnes spécifiques, nous ne devons pas nous les représenter figés et immuables. Ils se moulent bien plutôt sur les impressions changeantes de la vie, se modifient au gré de chaque fluctuation de la situation personnelle, reçoivent de chaque nouvelle impression agissante ce qu'on appelle une «estampille d'époque». Le rapport du fantasme au temps est d'une manière générale très important. On peut dire qu'un fantasme flotte en quelque sorte entre trois temps, les trois moments de notre activité représentative.

Die seelische Arbeit knüpft an einen aktuellen
Eindruck, einen Anlaß in der Gegenwart an, der
imstande war, einen der großen Wünsche der
Person zu wecken, greift von da aus auf die Erinnerung eines früheren, meist infantilen, Erleb-
nisses zurück, in dem jener Wunsch erfüllt war,
und schafft nun eine auf die Zukunft bezogene
Situation, welche sich als die Erfüllung jenes
Wunsches darstellt, eben den Tagtraum oder
die Phantasie, die nun die Spuren ihrer Herkunft
vom Anlasse und von der Erinnerung an sich
trägt. Also Vergangenes, Gegenwärtiges, Zukünf-
tiges wie an der Schnur des durchlaufenden
Wunsches aneinandergereiht.

Das banalste Beispiel mag Ihnen meine Auf-
stellung erläutern. Nehmen Sie den Fall eines
armen und verwaisten Jünglings an, welchem Sie
die Adresse eines Arbeitgebers genannt haben,
bei dem er vielleicht eine Anstellung finden kann.
Auf dem Wege dahin mag er sich in einem Tagtraum ergehen, wie er angemessen aus seiner
Situation entspringt. Der Inhalt dieser Phantasie
wird etwa sein, daß er dort angenommen wird,
seinem neuen Chef gefällt, sich im Geschäfte
unentbehrlich macht, in die Familie des Herrn
gezogen wird, das reizende Töchterchen des
Hauses heiratet und dann selbst als Mitbesitzer
wie später als Nachfolger das Geschäft leitet.
Und dabei hat sich der Träumer ersetzt, was er
in der glücklichen Kindheit besessen: das schüt-
zende Haus, die liebenden Eltern und die ersten
Objekte seiner zärtlichen Neigung.

Le travail psychique se rattache à une impression actuelle, une occasion dans le présent qui a été en mesure de réveiller un des grands souhaits de l'individu ; à partir de là, il se reporte sur le souvenir d'une expérience antérieure, la plupart du temps infantile, au cours de laquelle ce souhait était accompli ; et il crée maintenant une situation rapportée à l'avenir, qui se présente comme l'accomplissement de ce souhait, précisément le rêve diurne ou le fantasme, qui porte désormais sur lui les traces de son origine à partir de l'occasion et du souvenir. Passé, présent, avenir donc, comme enfilés sur le cordeau du souhait qui les traverse.

L'exemple le plus banal pourra vous rendre ma thèse plus claire. Supposez le cas d'un jeune homme pauvre et orphelin à qui vous avez donné l'adresse d'un employeur, chez qui il pourra peut-être trouver une place. Chemin faisant, il pourra se bercer d'un rêve diurne décrivant la manière dont il échappe à sa situation à point nommé. Le contenu de ce fantasme sera par exemple qu'il est accepté, qu'il plaît à son nouveau patron, qu'il se rend indispensable dans l'entreprise, qu'il est intégré à la famille du maître, épouse la ravissante fille de la maison et qu'ensuite il dirigera l'entreprise lui-même, d'abord en tant qu'associé, ultérieurement en tant que successeur. Ce faisant, le rêveur a remplacé ce qu'il a possédé pendant son enfance heureuse : la maison protectrice, les parents aimants, et les premiers objets de ses tendres inclinations.

Sie sehen an solchem Beispiele, wie der Wunsch einen Anlaß der Gegenwart benützt, um sich nach dem Muster der Vergangenheit ein Zukunftsbild zu entwerfen.

Es wäre noch vielerlei über die Phantasien zu sagen; ich will mich aber auf die knappsten Andeutungen beschränken. Das Überwuchern und Übermächtigwerden der Phantasien stellt die Bedingungen für den Verfall in Neurose oder Psychose her; die Phantasien sind auch die nächsten seelischen Vorstufen der Leidenssymptome, über welche unsere Kranken klagen. Hier zweigt ein breiter Seitenweg zur Pathologie ab.

Nicht übergehen kann ich aber die Beziehung der Phantasien zum Traume. Auch unsere nächtlichen Träume sind nichts anderes als solche Phantasien, wie wir durch die Deutung der Träume evident machen können. Die Sprache hat in ihrer unübertrefflichen Weisheit die Frage nach dem Wesen der Träume längst entschieden, indem sie die luftigen Schöpfungen Phantasierender auch «Tagträume» nennen ließ. Wenn trotz dieses Fingerzeiges der Sinn unserer Träume uns zumeist undeutlich bleibt, so rührt dies von dem einen Umstande her, daß nächtlicherweise auch solche Wünsche in uns rege werden, deren wir uns schämen und die wir vor uns selbst verbergen müssen, die eben darum verdrängt, ins Unbewußte geschoben wurden. Solchen verdrängten Wünschen und ihren Abkömmlingen kann nun kein anderer als ein arg entstellter Ausdruck gegönnt werden.

Vous voyez sur un tel exemple comment le souhait utilise une occasion du présent, pour ébaucher une image d'avenir d'après le modèle du passé.

Il y aurait encore bien des choses à dire sur les fantasmes ; mais je veux m'en tenir aux indications les plus sommaires. C'est le foisonnement des fantasmes et le fait qu'ils deviennent prépondérants, qui instaurent les conditions de la chute dans la névrose et la psychose ; les fantasmes sont aussi les ultimes stades psychiques préalables aux symptômes douloureux dont nos malades se plaignent. Ici s'embranche une large voie latérale qui mène à la pathologie.

Mais je ne peux passer sur la relation des fantasmes au rêve. Nos rêves nocturnes aussi ne sont rien d'autre que de tels fantasmes, comme nous pouvons le mettre en évidence par l'interprétation des rêves[1]. En son insurpassable sagesse, la langue a tranché depuis longtemps la question de l'essence des rêves en nommant « *rêves diurnes* » les créations vaporeuses des individus qui fantasment. Si, malgré cette indication, le sens de nos rêves nous reste la plupart du temps indistinct, cela tient au fait que nuitamment aussi se mettent en branle des souhaits dont nous avons honte et que nous devons nous cacher à nous-mêmes, qui justement pour cette raison ont été refoulés, poussés dans l'inconscient. Or, à de tels souhaits refoulés et à leurs rejetons, il ne peut être accordé qu'une expression fortement déformée.

Nachdem die Aufklärung der *Traumentstellung* der wissenschaftlichen Arbeit gelungen war, fiel es nicht mehr schwer zu erkennen, daß die nächtlichen Träume ebensolche Wunscherfüllungen sind wie die Tagträume, die uns allen so wohlbekannten Phantasien.

Soviel von den Phantasien, und nun zum Dichter! Dürfen wir wirklich den Versuch machen, den Dichter mit dem «Träumer am hellichten Tag», seine Schöpfungen mit Tagträumen zu vergleichen? Da drängt sich wohl eine erste Unterscheidung auf; wir müssen die Dichter, die fertige Stoffe übernehmen wie die alten Epiker und Tragiker, sondern von jenen, die ihre Stoffe frei zu schaffen scheinen. Halten wir uns an die letzteren und suchen wir für unsere Vergleichung nicht gerade jene Dichter aus, die von der Kritik am höchsten geschätzt werden, sondern die anspruchsloseren Erzähler von Romanen, Novellen und Geschichten, die dafür die zahlreichsten und eifrigsten Leser und Leserinnen finden. An den Schöpfungen dieser Erzähler muß uns vor allem ein Zug auffällig werden; sie alle haben einen Helden, der im Mittelpunkt des Interesses steht, für den der Dichter unsere Sympathie mit allen Mitteln zu gewinnen sucht, und den er wie mit einer besonderen Vorsehung zu beschützen scheint.

Lorsque le travail de la science eut réussi à élucider la *déformation du rêve*, il ne fut plus difficile de reconnaître que les rêves nocturnes sont des accomplissements de souhaits au même titre que les rêves diurnes, les fantasmes que nous connaissons tous si bien.

En voilà assez sur les fantasmes ; passons maintenant au créateur littéraire. Sommes-nous vraiment autorisé à tenter l'essai de comparer le créateur littéraire avec le « rêveur en plein jour », ses créations avec des rêves diurnes ? Dans ce cas, une première distinction s'impose sans doute ; nous devons séparer les auteurs qui reprennent des matières toutes prêtes, comme les anciens poètes épiques et tragiques, de ceux qui paraissent les créer librement. Tenons-nous-en à ces derniers, et ne sélectionnons pas pour notre comparaison justement les auteurs qui sont le plus hautement prisés par la critique, mais les narrateurs moins exigeants que sont les auteurs de romans, de nouvelles et d'histoires, qui pour cette raison trouvent les lecteurs et les lectrices les plus nombreux et les plus assidus. Dans les créations de ces narrateurs, il est un trait qui doit nous frapper entre tous ; elles ont toutes un héros qui est au centre de l'intérêt, pour qui l'auteur cherche à gagner notre sympathie par tous les moyens, et qu'il semble protéger comme par une providence particulière.

Wenn ich am Ende eines Romankapitels den Helden bewußtlos, aus schweren Wunden blutend verlassen habe, so bin ich sicher, ihn zu Beginn des nächsten in sorgsamster Pflege und auf dem Wege der Herstellung zu finden, und wenn der erste Band mit dem Untergange des Schiffes im Seesturme geendigt hat, auf dem unser Held sich befand, so bin ich sicher, zu Anfang des zweiten Bandes von seiner wunderbaren Rettung zu lesen, ohne die der Roman ja keinen Fortgang hätte. Das Gefühl der Sicherheit, mit dem ich den Helden durch seine gefährlichen Schicksale begleite, ist das nämliche, mit dem ein wirklicher Held sich ins Wasser stürzt, um einen Ertrinkenden zu retten, oder sich dem feindlichen Feuer aussetzt, um eine Batterie zu stürmen, jenes eigentliche Heldengefühl, dem einer unserer besten Dichter den köstlichen Ausdruck geschenkt hat : «Es kann dir nix g'schehen.» (Anzengruber.) Ich meine aber, an diesem verräterischen Merkmal der Unverletzlichkeit erkennt man ohne Mühe — Seine Majestät das Ich, den Helden aller Tagträume wie aller Romane.

Noch andere typische Züge dieser egozentrischen Erzählungen deuten auf die gleiche Verwandtschaft hin. Wenn sich stets alle Frauen des Romans in den Helden verlieben, so ist das kaum als Wirklichkeitsschilderung aufzufassen, aber leicht als notwendiger Bestand des Tagtraumes zu verstehen.

Quand, à la fin du chapitre d'un roman, j'ai quitté le héros sans connaissance, perdant son sang par des blessures graves, je suis sûr de le trouver au début du suivant, objet des soins les plus attentifs et en voie de rétablissement ; et quand le premier volume s'est terminé par le naufrage dans la tempête du bateau sur lequel se trouvait notre héros, je suis sûr d'entendre parler au commencement du deuxième volume de son sauvetage miraculeux, sans lequel, du reste, le roman ne pourrait continuer. Le sentiment de sécurité avec lequel j'accompagne le héros à travers ses destinées périlleuses est le même que celui avec lequel un héros réel plonge dans l'eau pour sauver quelqu'un qui se noie, ou s'expose au feu de l'ennemi pour prendre d'assaut une batterie : c'est proprement ce sentiment héroïque que l'un de nos meilleurs créateurs littéraires a gratifié de la savoureuse expression : « Y peut rien t'arriver ! » (Anzengruber) [a]. Je pense quant à moi qu'à cet attribut révélateur de l'invulnérabilité, on reconnaît sans peine... Sa Majesté le Moi, héros de tous les rêves diurnes, comme de tous les romans [b].

D'autres traits typiques encore de ces récits égocentriques renvoient à la même parenté. Quand toutes les femmes du roman tombent régulièrement amoureuses du héros, cela ne peut guère être conçu comme une peinture de la réalité, mais peut être entendu aisément comme un élément obligé du rêve diurne.

Ebenso wenn die anderen Personen des Romans sich scharf in gute und böse scheiden, unter Verzicht auf die in der Realität zu beobachtende Buntheit menschlicher Charaktere; die «guten» sind eben die Helfer, die «bösen» aber die Feinde und Konkurrenten des zum Helden gewordenen Ichs.

Wir verkennen nun keineswegs, daß sehr viele dichterische Schöpfungen sich von dem Vorbilde des naiven Tagtraumes weit entfernt halten, aber ich kann doch die Vermutung nicht unterdrükken, daß auch die extremsten Abweichungen durch eine lückenlose Reihe von Übergängen mit diesem Modelle in Beziehung gesetzt werden könnten. Noch in vielen der sogenannten psychologischen Romane ist mir aufgefallen, daß nur eine Person, wiederum der Held, von innen geschildert wird; in ihrer Seele sitzt gleichsam der Dichter und schaut die anderen Personen von außen an. Der psychologische Roman verdankt im ganzen wohl seine Besonderheit der Neigung des modernen Dichters, sein Ich durch Selbstbeobachtung in Partial-Ichs zu zerspalten und demzufolge die Konfliktströmungen seines Seelenlebens in mehreren Helden zu personifizieren. In einem ganz besonderen Gegensatze zum Typus des Tagtraumes scheinen die Romane zu stehen, die man als «exzentrische» bezeichnen könnte, in denen die als Held eingeführte Person die geringste tätige Rolle spielt, vielmehr wie ein Zuschauer die Taten und Leiden der anderen an sich vorüberziehen sieht.

De même quand les autres personnages du roman se séparent nettement en bons et en méchants, au mépris de la nature composite des caractères humains qu'on peut observer dans la réalité ; les « bons » sont justement les auxiliaires, les « méchants » au contraire les ennemis et les concurrents du moi devenu héros.

Cela dit, nous ne méconnaissons nullement que beaucoup de créations littéraires se tiennent très à l'écart du rêve diurne naïf, mais je ne peux pour autant réprimer la conjecture que même les déviations les plus extrêmes pourraient être mises en relation avec ce modèle par une série continue de transitions. Dans beaucoup de ce qu'on appelle des romans psychologiques, j'ai été également frappé par le fait qu'un seul personnage, encore le héros, est décrit de l'intérieur ; le créateur est en quelque sorte installé dans son âme, et il regarde les autres personnages de l'extérieur. Le roman psychologique doit sans doute dans l'ensemble sa particularité à la tendance du créateur littéraire moderne à scinder son moi en moi partiels, par l'effet de l'observation de soi ; et, par voie de conséquence, à personnifier les courants conflictuels de sa vie psychique en plusieurs héros. Les romans qui paraissent s'opposer tout particulièrement au type du rêve diurne sont ceux qu'on pourrait qualifier d'« excentriques », dans lesquels le personnage introduit comme héros joue le rôle actif le plus réduit, voit défiler devant lui, plutôt en spectateur, les actes et les souffrances des autres.

Solcher Art sind mehrere der späteren Romane
Zolas. Doch muß ich bemerken, daß die psychologische Analyse nicht dichtender, in manchen
Stücken von der sogenannten Norm abweichen-
der Individuen uns analoge Variationen der Tagträume kennen gelehrt hat, in denen sich das Ich
mit der Rolle des Zuschauers bescheidet.

Wenn unsere Gleichstellung des Dichters mit
dem Tagträumer, der poetischen Schöpfung mit
dem Tagtraum, wertvoll werden soll, so muß sie
sich vor allem in irgend einer Art fruchtbar erweisen. Versuchen wir etwa, unseren vorhin aufgestellten Satz von der Beziehung der Phantasie
zu den drei Zeiten und zum durchlaufenden
Wunsche auf die Werke der Dichter anzuwenden
und die Beziehungen zwischen dem Leben des
Dichters und seinen Schöpfungen mit dessen
Hilfe zu studieren. Man hat in der Regel nicht
gewußt, mit welchen Erwartungsvorstellungen
man an dieses Problem herangehen soll; häufig
hat man sich diese Beziehung viel zu einfach vor-
gestellt. Von der an den Phantasien gewonnenen
Einsicht her müßten wir folgenden Sachverhalt
erwarten : Ein starkes aktuelles Erlebnis weckt im
Dichter die Erinnerung an ein früheres, meist der
Kindheit angehöriges Erlebnis auf, von welchem
nun der Wunsch ausgeht, der sich in der Dichtung seine Erfüllung schafft; die Dichtung selbst
läßt sowohl Elemente des frischen Anlasses als
auch der alten Erinnerung erkennen.

Erschrecken Sie nicht über die Kompliziertheit
dieser Formel;

À ce genre appartiennent plusieurs des derniers romans de Zola. Je dois toutefois remarquer que l'analyse psychologique d'individus non créateurs, et s'écartant par bien des aspects de ce qu'on appelle la norme, nous a fait connaître des variantes analogues de rêves diurnes, dans lesquelles le moi se contente du rôle de spectateur.

Si notre assimilation du créateur littéraire au rêveur diurne, de la création poétique au rêve diurne doit prendre quelque valeur, il faut qu'avant tout, d'une manière ou d'une autre, elle s'avère féconde. Essayons par exemple d'appliquer aux œuvres littéraires notre thèse précédemment avancée sur la relation du fantasme aux trois temps et au souhait qui les traverse, et d'étudier par ce moyen les relations entre la vie de l'écrivain et ses créations. En règle générale, on ne sait pas avec quelles représentations d'attente on doit aborder ce problème ; souvent, on s'est représenté cette relation d'une manière beaucoup trop simple. À partir de ce que nous a appris l'étude des fantasmes, nous devrions nous attendre à trouver l'état de choses suivant : une expérience actuelle intense réveille chez l'écrivain le souvenir d'une expérience antérieure, appartenant la plupart du temps à l'enfance, dont émane à présent le souhait qui se crée son accomplissement dans l'œuvre littéraire ; l'œuvre littéraire elle-même permet de reconnaître aussi bien des éléments de l'occasion récente que des éléments du souvenir ancien[a].

Ne vous effrayez pas de la complexité de cette formule ;

ich vermute, daß sie sich in Wirklichkeit als ein
zu dürftiges Schema erweisen wird, aber eine
erste Annäherung an den realen Sachverhalt
könnte in ihr enthalten sein, und nach einigen
Versuchen, die ich unternommen habe, sollte ich
meinen, daß eine solche Betrachtungsweise dichterischer Produktionen nicht unfruchtbar ausfal-
len kann. Sie vergessen nicht, daß die vielleicht
befremdende Betonung der Kindheitserinnerung
im Leben des Dichters sich in letzter Linie von
der Voraussetzung ableitet, daß die Dichtung wie
der Tagtraum Fortsetzung und Ersatz des ein-
stigen kindlichen Spielens ist.

Versäumen wir nicht, auf jene Klasse von
Dichtungen zurückzugreifen, in denen wir nicht
freie Schöpfungen, sondern Bearbeitungen ferti-
ger und bekannter Stoffe erblicken müssen. Auch
dabei verbleibt dem Dichter ein Stück Selbstän-
digkeit, das sich in der Auswahl des Stoffes und
in der oft weitgehenden Abänderung desselben
äußern darf. Soweit die Stoffe aber gegeben sind,
entstammen sie dem Volksschatze an Mythen,
Sagen und Märchen. Die Untersuchung dieser
völkerpsychologischen Bildungen ist nun keineswegs abgeschlossen, aber es ist z. B. von den Mythen durchaus wahrscheinlich, daß sie den entstellten Überresten von Wunschphantasien ganzer
Nationen, den *Säkularträumen* der jungen Mensch-
heit, entsprechen.

je présume qu'en réalité, elle se révélera être un schéma trop indigent, mais il se pourrait tout de même qu'elle contienne une première approximation de l'état des choses réel, et, au terme de quelques essais que j'ai entrepris, je serais porté à penser qu'une telle manière de considérer les productions littéraires ne peut manquer d'être féconde. Vous n'oubliez pas que l'insistance, qui peut vous paraître déconcertante, que nous mettons sur le souvenir d'enfance dans la vie du créateur littéraire dérive en dernier ressort du présupposé que la création littéraire, comme le rêve diurne, est la continuation et le substitut du jeu enfantin d'autrefois.

N'omettons pas de revenir sur cette classe d'œuvres littéraires dans lesquelles nous sommes obligés d'apercevoir non des créations libres, mais les remaniements de matières déjà prêtes et connues. Dans ce cas aussi, il reste à l'auteur une marge d'autonomie qui est autorisée à se manifester dans le choix de la matière et dans la modification de celle-ci, qui va souvent assez loin. Mais dans la mesure où les matières sont données, elles sont issues du trésor populaire des mythes, des légendes et des contes. Or, l'investigation de ces formations relevant de la psychologie des peuples n'est nullement close, mais il est extrêmement probable, par exemple à propos des mythes, qu'ils correspondent aux vestiges déformés de fantasmes de souhait propres à des nations entières, aux *rêves séculaires* de la jeune humanité.

Sie werden sagen, daß ich Ihnen von den Phantasien weit mehr erzählt habe als vom Dichter, den ich doch im Titel meines Vortrages vorangestellt. Ich weiß das und versuche es durch den Hinweis auf den heutigen Stand unserer Erkenntnis zu entschuldigen. Ich konnte Ihnen nur Anregungen und Aufforderungen bringen, die von dem Studium der Phantasien her auf das Problem der dichterischen Stoffwahl übergreifen. Das andere Problem, mit welchen Mitteln der Dichter bei uns die Affektwirkungen erziele, die er durch seine Schöpfungen hervorruft, haben wir überhaupt noch nicht berührt. Ich möchte Ihnen wenigstens noch zeigen, welcher Weg von unseren Erörterungen über die Phantasien zu den Problemen der poetischen Effekte führt.

Sie erinnern sich, wir sagten, daß der Tagträumer seine Phantasien vor anderen sorgfältig verbirgt, weil er Gründe verspürt, sich ihrer zu schämen. Ich füge nun hinzu, selbst wenn er sie uns mitteilen würde, könnte er uns durch solche Enthüllung keine Lust bereiten. Wir werden von solchen Phantasien, wenn wir sie erfahren, abgestoßen oder bleiben höchstens kühl gegen sie. Wenn aber der Dichter uns seine Spiele vorspielt oder uns das erzählt, was wir für seine persönlichen Tagträume zu erklären geneigt sind, so empfinden wir hohe, wahrscheinlich aus vielen Quellen zusammenfließende Lust. Wie der Dichter das zustande bringt, das ist sein eigenstes Geheimnis;

Vous allez dire que je vous ai parlé beaucoup plus des fantasmes que du créateur littéraire, que j'avais pourtant mis à la première place dans le titre de ma conférence. Je le sais, et j'essaie de m'en excuser en arguant de l'état actuel de nos connaissances. Je n'ai pu vous apporter que des incitations et des exhortations qui, à partir de l'étude des fantasmes, s'étendent au problème du choix de sa matière par le créateur littéraire. Quant à l'autre problème, à savoir par quels moyens l'auteur obtient chez nous les effets affectifs qu'il suscite par ses créations, nous ne l'avons pas abordé du tout. Je voudrais au moins vous montrer encore quelle voie mène de nos analyses des fantasmes aux problèmes des effets poétiques.

Vous vous souvenez que nous avons dit que le rêveur diurne cache soigneusement ses fantasmes aux autres, parce qu'il éprouve des raisons d'en avoir honte. J'ajoute maintenant que, même s'il nous les communiquait, il ne nous procurerait aucun plaisir par un tel dévoilement. De tels fantasmes, quand nous les apprenons, nous rebutent, ou nous laissent tout au plus froids. Mais quand le créateur littéraire nous joue ses jeux ou nous raconte ce que nous inclinons à considérer comme ses rêves diurnes personnels, nous ressentons un plaisir intense, résultant probablement de la confluence de nombreuses sources. Comment parvient-il à ce résultat ? C'est là son secret le plus intime ;

in der Technik der Überwindung jener Ab-
stoßung, die gewiß mit den Schranken zu tun hat,
welche sich zwischen jedem einzelnen Ich und
den anderen erheben, liegt die eigentliche *Ars
poetica*. Zweierlei Mittel dieser Technik können
wir erraten : Der Dichter mildert den Charakter
des egoistischen Tagtraumes durch Abänderun-
gen und Verhüllungen und besticht uns durch
rein formalen, d. h. ästhetischen Lustgewinn, den
er uns in der Darstellung seiner Phantasien bie-
tet. Man nennt einen solchen Lustgewinn, der
uns geboten wird, um mit ihm die Entbindung
größerer Lust aus tiefer reichenden psychischen
Quellen zu ermöglichen, eine *Verlockungsprämie*
oder eine *Vorlust*. Ich bin der Meinung, daß alle
ästhetische Lust, die uns der Dichter verschafft,
den Charakter solcher Vorlust trägt, und daß
der eigentliche Genuß des Dichtwerkes aus der
Befreiung von Spannungen in unserer Seele her-
vorgeht. Vielleicht trägt es sogar zu diesem
Erfolge nicht wenig bei, daß uns der Dichter in
den Stand setzt, unsere eigenen Phantasien nun-
mehr ohne jeden Vorwurf und ohne Schämen zu
genießen. Hier stünden wir nun am Eingange
neuer, interessanter und verwickelter Untersuchungen, aber, wenigstens für diesmal, am Ende
unserer Erörterungen.

c'est dans la technique du dépassement de cette répulsion, qui a sans doute quelque chose à voir avec les barrières qui s'élèvent entre chaque moi individuel et les autres, que gît la véritable *ars poetica*. Nous pouvons soupçonner à cette technique deux sortes de moyens : le créateur littéraire atténue le caractère du rêve diurne égoïste par des modifications et des voiles, et il nous enjôle par un gain de plaisir purement formel, c'est-à-dire esthétique, qu'il nous offre à travers la présentation de ses fantasmes. Un tel gain de plaisir, qui nous est offert pour rendre possible par son biais la libération d'un plaisir plus grand, émanant de sources psychiques plus profondes, c'est ce qu'on appelle une *prime de séduction* ou un *plaisir préliminaire*[a]. Je pense que tout le plaisir esthétique que le créateur littéraire nous procure porte le caractère d'un tel plaisir préliminaire, et que la jouissance propre de l'œuvre littéraire est issue du relâchement de tensions internes à notre âme. Peut-être même que n'entre pas pour peu dans ce résultat le fait que le créateur littéraire nous met en mesure de jouir désormais de nos propres fantasmes, sans reproche et sans honte. Ici, nous serions au seuil de nouvelles investigations, intéressantes et complexes, mais, au moins pour cette fois, au terme de nos analyses.

NOTES

Page 233.

a. Le cardinal Hippolyte d'Este fut le premier protecteur de l'Arioste; celui-ci lui dédia son *Orlando furioso*. Le poète en aurait été remercié par cette seule question : «*Dove avete trovato, Messer Ludovico, tante corbellerie?*» («Où avez-vous trouvé, messire Ludovico, toutes ces âneries?»)

Page 237.

a. Freud joue ici — c'est le cas de le dire! — d'une ressource de la langue allemande qui n'a pas d'équivalent en français. Les mots *Lustspiel, Trauerspiel, Schauspieler* sont des composés qui renferment tous l'élément *Spiel* : «jeu». *Lust* : «plaisir», «amusement»; *Trauer* : «deuil»; quant à *Schau-*, c'est une racine qui signifie «voir», «regarder». En français, nous disons : jouer un rôle, une pièce, la comédie, etc. L'anglais appelle une pièce de théâtre : *a play*.

Page 239.

a. Cf. la section 7 du chapitre VII du livre de Freud sur le *Mot d'esprit* (*Gesammelte Werke*, tome 6) et également l'essai intitulé «L'humour» (*Gesammelte Werke*, tome 14).

b. En allemand *Luftschlösser*, soit littéralement «châteaux d'air», «qui ont la consistance de l'air».

Page 241.

a. On pense à l'expression française, qui n'a pas
d'équivalent en allemand : «jardin secret».

Page 243.

a. C'est là une allusion à quelques vers bien connus
prononcés par le héros-poète dans la scène finale de la
pièce de Goethe *Torquato Tasso* :

> *Und wenn der Mensch in seiner Qual verstummt,*
> *Gab mir ein Gott, zu sagen, wie ich leide.*

(«Et quand l'homme en son tourment se tait, à moi
un dieu a donné de dire comme je souffre »)

Page 249.

1. Cf. *L'interprétation du rêve* de l'auteur.

Page 253.

a. Cette formule d'Anzengruber, dramaturge viennois, est tirée du parler populaire. C'était l'une des
citations favorites de Freud. Cf. «Considérations
actuelles sur la guerre et sur la mort».

b. Cf. «Pour introduire le narcissisme», fin du
chap. II.

Page 257.

a. Un point de vue analogue avait déjà été suggéré
par Freud dans une lettre à Fliess du 7 juillet 1898, à
propos d'une nouvelle de Conrad Ferdinand Meyer,
Die Hochzeit des Mönchs («Les noces du moine»).

Page 263.

a. Cette théorie du «plaisir préliminaire» et de la
«prime de séduction» avait été appliquée par Freud
aux mots d'esprit dans les derniers paragraphes du
chapitre IV du livre consacré à ce sujet. La nature du
«plaisir préliminaire» avait aussi été analysée dans les
Trois essais sur la théorie sexuelle.

Impression Bussière Camedan Imprimeries
à Saint-Amand (Cher), le 6 février 2001.
Dépôt légal : février 2001.
Numéro d'imprimeur : 010659/1.

ISBN 2-07-041314-4./Imprimé en France.